Doris Meißner-Johannknecht
Amor kam
in Leinenschuhen

*Doris Meißner-Johannknecht* wurde 1947 in Dortmund geboren. Nach dem Abitur studierte sie und unterrichtete anschließend in Deutsch, Literatur und Erziehungswissenschaft. Daneben rezensierte sie zahlreiche Kinder- und Jugendbücher, seit Mitte der 80er Jahre schreibt sie eigene literarische Texte, zunächst für Erwachsene, dann auch für Kinder und Jugendliche.

Doris Meißner-Johannknecht

# Amor kam in Leinenschuhen

Ravensburger Buchverlag

Dieser Band ist auf 100 % Recyclingpapier gedruckt.
Bei der Herstellung des Papiers wird
keine Chlorbleiche verwendet.

Lizenzausgabe
als Ravensburger Taschenbuch Band 4146,
erschienen 1996

Die Originalausgabe erschien 1993
im Georg Bitter Verlag, Recklinghausen
© 1993 by Georg Bitter Verlag KG, Recklinghausen

Umschlagillustration: Sabine Lochmann

Alle Rechte dieser Ausgabe vorbehalten durch
Ravensburger Buchverlag
Gesamtherstellung: Ebner Ulm
Printed in Germany

4 3 2 1   96 97 98 99

ISBN 3-473-54146-X

Seit drei Tagen bin ich in Berlin. Eine verdammte Ewigkeit. Weggezogen. Umgezogen. Eingezogen. Also: Ich wohne jetzt hier. Dabei habe ich überhaupt nicht weggewollt – aus meiner Stadt, von der noch nie ein Mensch gehört hat. Wo jeder jeden kennt. Es dauert höchstens zehn Minuten, und du bist einmal durch. Ja, durch die ganze Stadt. Du gehst über die Straße, egal wohin, und irgendwie triffst du immer auf ein bekanntes Gesicht. Sagst »Hallo!« oder »Guten Tag!« oder mehr. Wenn du Lust auf Leute hast, bei TCHIBO findest du immer einen, der es leid war, alleine zu Hause rumzuhängen. Und weil er froh ist, dich zu treffen, überläßt er dir den Rest seines Kaffees...
Es ist fast sieben. Gleich muß ich los. Ich steh auf dem Balkon, der zu meinem Zimmer gehört. Ja, ein tolles Zimmer! Zehnmal so groß wie mein altes... Und die Gegend? Normale Mietshäuser gibt's hier jedenfalls nicht! Berlin hat natürlich auch andere Ecken; das kann ich mir denken. Das brauchen sie mir nicht zu sagen. Ich hab ja Augen im Kopf! Und lesen kann ich auch!
Sie waren es, die unbedingt hierher wollten. Meine Eltern. Wegen der Geschäfte. Ich kapier nicht, wieso! Geld war nie ein Problem. Wir hatten genug davon. Und jetzt: mehr, immer mehr! Wozu?

»Das Geld liegt auf der Straße. Vor allem hier in Berlin. Und da komme ich und hebe es einfach auf!«
Das sind die neuen Sprüche meines Vaters!
»Im Münsterland ist nichts mehr zu holen für mich. Aber im Osten – ja, da brauche ich nur zugreifen!«
Ich hör weg, wenn er von seinen Geschäften redet. Er kauft und verkauft. Grundstücke und Häuser. Ja, jetzt vor allem im Osten. Und »um den Objekten näher zu sein«, deshalb sind wir hier.

»Dein Müsli, Schatz!«
Meine Mutter steht hinter mir. Sie lächelt. Schön sieht sie wieder aus. Schlank und braungebrannt. Frisch und jung – wie dieser Morgen ... Aber ohne Sonnenbank und Kosmetikstudio – was bliebe da von ihr übrig?
»Nun komm, es wird Zeit!«
Richtig, es ist allerhöchste Zeit!
Andere Mütter kriegen Panik beim Blick auf die Uhr, aber meine Mutter – sie lächelt! Wie immer! Egal, was passiert! Und die Leute, die finden das auch noch gut!
»Deine Mutter, Jojo: umwerfend, immer freundlich, immer gut gelaunt! Und dann dieses Lächeln!«
Ich würde manchmal am liebsten reinschlagen in dieses Lächeln. Das tu ich natürlich nicht. Ich guck lieber weg und bleibe stumm. Keine Ahnung, wann ich aufgehört habe, mit ihr zu reden. Vielleicht habe ich auch nie richtig angefangen. Ich hatte ja Oma. Meiner Mutter habe ich Antworten gegeben, mehr nicht.
»Gut geschlafen, Jojo?«

Jetzt steht auch er in meinem Zimmer: mein Vater. Ein toller Typ, sagen die Leute. Klar, so wie er aussieht, wie er redet ... eine Mischung aus Karl Lagerfeld und Kevin Costner ... Besonders gut kommt er bei seinen Sekretärinnen an. Aber das ist eine andere Geschichte!
»Toll hier, was? Das ist eine Stadt, Jojo! Hier hast du alles, was du zum richtigen Leben brauchst. Du wirst sehen!«
Und er strahlt mich an, daß mir die Spucke wegbleibt. Die Spucke für den Widerspruch. Sie kriegen keine Antwort mehr. Beide nicht. Vor drei Tagen habe ich aufgehört, mit ihnen zu reden. Weil ich, verdammt noch mal, nicht hierher wollte. Ich fand's gut zu Hause! Ich hatte Anne, meine Freundin. Ich hatte ein Pferd, das stand bei ihr im Stall. Und eine Klavierlehrerin, die ich fast geliebt habe. Ohne sie werde ich keine Taste mehr anrühren ... Alles, was ich zum Leben gebraucht habe, gab es auch dort. Und nun ist auf einmal alles weg. Verdammt weit weg! Und dann noch Oma ...
»Dein Müsli, Schatz!«
Sie stehen hinter mir. Arm in Arm. Ein schönes Paar. Wirklich. Weiße Zähne. Makelloser Teint. Frisch und duftend. Frühling – exklusiv! Aber ich dreh mich nicht um. Auf Werbefernsehen hab ich keine Lust, so früh am Morgen ...
»Du mußt was essen!« sagt meine Mutter.
Ihr Blick ist sorgenvoll, aber ohne Falten. Wie immer!
»Wenigstens ein paar Löffel, Jojo!«
Verhungern will ich nicht.
Wir sitzen am Tisch. Der ist so neu wie alles hier. Ihr

erstes Objekt in dieser Stadt ist diese exklusive Penthouse-Wohnung. Mir ist alles zu neu. Zu weiß. Zu kalt. Nur das alte Klavier, das durfte dann doch mit. Manchmal frage ich mich ernsthaft, wann sie *mich* austauschen. Mit Möbeln halten sie es keine zehn Jahre aus. Und ich bin neulich sechzehn geworden!
»Kommst du zurecht? Oder soll ich dich fahren?«
Es wäre schon verlockend, sich ins weiche Polster fallen zu lassen. Aber ich schüttle den Kopf. Natürlich komme ich alleine klar!
Das Müsli bleibt mir zwischen den Zähnen hängen, klebrig, körnig. Ich krieg es nicht klein. Schnell ins Bad. Ausspucken, ausspülen. Jetzt muß ich los. Zu Hause wär ich jetzt erst aufgestanden. Fünf Minuten Schulweg – mehr nicht. Hier brauche ich das Zehnfache, wenn die Anschlüsse günstig sind. Zweimal muß ich umsteigen. Sechzehn Stationen sind es bis zum Theodor-Heuss-Platz. Ich hab's gestern ausprobiert.
»Ruf an, wenn was ist!«
»Geh essen, wenn du Hunger hast!«
»Wir sind am Nachmittag zurück!«
»Alles klar, Jojo?«
Von meinen Lippen – keine Silbe!


**E**in schöner Morgen. Blau der Himmel. Klar die Luft. Eine ruhige Gegend. Viel Grün. Alte Bäume. Gepflegte Häuser. Viel Luxus. Und die Fußwege – die sind so breit wie bei uns die Hauptstraßen. Mein Rucksack ist leicht. So leicht wie nie. Notizbuch, Stifte, Stadtplan, Portemonnaie, Umweltticket ... In

diesem kleinen Stück Papier steckt die Freiheit dieser Riesenstadt, wenn ich es nicht verlier. Ein paar Meter noch. Ich sehe schon das große blaue Schild mit dem weißen U. Erste Station. Mein Herz klopft. Blöd so was. Aber wenn man nur Auto und Fahrrad gewöhnt ist...
Ich stehe eingequetscht und ungeschützt. Kann mich nicht wegdrehen. Mir noch nicht mal die Nase zuhalten. Der pickelige Jüngling vor mir hat wahrscheinlich im letzten Leben zuletzt Wasser und Seife gesehen. Sein Schweißgeruch vermischt sich mit dem schweren, süßen Duft der Rothaarigen neben mir. Das ist zuviel für meinen Magen so früh am Morgen. Zum Glück ist er ja leer... Meine Nachbarin hat es sich auf meinen neuen Leinenschuhen bequem gemacht. Ich zähle die Ringe in ihrem Ohr – sieben glaube ich. Im rechten Nasenloch sitzt dick wie ein Pickel – eine Perle. Ob meine Eltern jemals U-Bahn fahren würden? So lange es Taxis gibt sicher nicht. Ich höre Sprachen, die ich keinem Land zuordnen kann. In unserer Klasse gab es nur Franco, den Sohn vom Pizzabäcker.
Verkrampft zähle ich die Stationen – wie ein kleines Kind mit den Fingern. Jetzt muß ich raus. Umsteigen in die U 7. Geschafft. An der vierten Station wieder raus. In die U 1. Drei Stationen noch. Ich bin da! Mir ist schwindelig. Vom angestrengten Zählen. Treppauf, treppab. So viele Leute, so viele Stimmen, so viele Gerüche...
Ich atme auf, als ich endlich auf der Straße stehe. Über mir der blaue Himmel.

Der Zettel mit der Wegbeschreibung ist zerknittert. Nur noch fünf Minuten, dann fängt der Unterricht an. Ob ich das schaffe? Ich könnte natürlich umkehren. Das würde keinem auffallen. Aber was soll ich in dieser verdammten Wohnung? In meinem Zimmer – riesig wie ein Kirchenschiff – bin ich genauso verloren wie meine Möbelstücke. Keine einzige gemütliche Ecke gibt es. Alles ist weiß und steril wie in einem Operationssaal.
Meine Beine fühlen sich jetzt an wie bei einer mittelschweren Grippe – zum Einknicken schlapp. Den Magen spüre ich auch, flau und leer. Und mein Kopf, der würde sich am liebsten für heute verabschieden: genug gesehen und gehört! Dabei hat der Tag noch gar nicht richtig angefangen!
Einsam liegt der Schulhof vor mir. Außer mir gibt's bloß noch eine dicke, alte Kastanie auf dem Kiesplatz. Das Gebäude ist nicht besonders aufregend. Auch nicht schön. Noch nicht mal interessant. Ein Kastenbau, vielleicht zehn bis zwanzig Jahre alt. Aber dieses musische Gymnasium hat einen besonders guten Ruf. Meine Eltern haben eben nicht nur bei Marmorböden ihre Ansprüche ...
Die Flure sind freundlich gestrichen. Hier und da läuft noch jemand herum. Die Schüler sehen nicht anders aus als da, wo ich herkomme. Das Lehrerzimmer – endlich! Aus der Tür stürzt eine Frau. Mittelalter, schätze ich. Etwas altmodisch, fast so wie die Oma von Anne. Aber die lebt auf dem Bauernhof und nicht in einer Weltstadt wie Berlin. Die Frau guckt streng und irgendwie gehetzt.

»Entschuldigung!« sage ich. »Könnten Sie mir vielleicht...«
»Natürlich könnte ich, aber nicht jetzt! Ich habe es eilig!«
Und weg ist er. Der dunkelbraune Faltenrock mit der handgestrickten grünen Jacke. Davongeschwebt ist sie, als hätte sie Flügel und nicht diese klobigen Gesundheitsschuhe. Sehr musisch hat sie nicht ausgesehen! Wenn die hier alle so freundlich sind...
Den Hausmeister kann ich nicht finden. Das Sekretariat ist leer, das Zimmer des Direktors ist leer, kein Mensch zu sehen. Das gab's bei uns nicht – soviel Ruhe um fünf nach acht.
Mein Magen knurrt. Wenn ich jetzt nichts esse, wird mir schlecht... Am besten wäre ein Café. So ein großes, altes Kaffeehaus wie in Wien. Die gibt's hier bestimmt. Wenn ich meine Klasse in den nächsten zwei Minuten nicht finde, mach ich mich auf die Suche...
Ein frisches Croissant mit Butter, eine Tasse Schokolade mit dickem Sahneberg... Hinter den geschlossenen Türen höre ich nur gedämpfte Stimmen.
Da ist sie! Die Tür der 10a. Und dahinter – Totenstille. Vielleicht sind sie in der Turnhalle, im Physik- oder Chemiesaal?
Meine Hände werden feucht. Mein Herz stolpert.
Ich hole tief Luft, klopfe an und reiße die Tür auf. Dynamisch wie mein Vater. Mit selbstbewußtem Lächeln wie meine Mutter. Charmant und umwerfend – für den Fall, daß jemand im Raum ist.
Tatsächlich: Sechzig Augen schwenken in meine Richtung, bleiben hängen, wandern von oben nach unten.

Und vorne am Pult – da steht der braune Faltenrock mit strengem Blick ... Das fängt ja gut an!
Ich wage einen Schritt auf sie zu. Unerschütterlich meine Haltung, mein Lächeln. So wie ich jetzt hier stehe, selbstbewußt, cool lächelnd, das Abbild meiner Eltern! Bei dieser Erkenntnis trifft mich fast der Schlag. Aber meine gute Erziehung sitzt tief. Also sage ich meine Sätze auf.
Jetzt ist sie dran. Dieses Mittelalter mit dem Wahnsinnsblick. Mich wundert nicht mehr, daß hier alle so ruhig sind!
Es ist tatsächlich meine Klassenlehrerin Frau Dr. Göbel, die mir da die kreidige Hand reicht und meine fest zusammendrückt. Sie zeigt auf einen leeren Stuhl in der letzten Reihe.
»Neben Franziska ist noch Platz!« sagt sie.
Die abgerissene Schönheit mit Nickelbrille scheint nicht gerade begeistert darüber, Gesellschaft zu bekommen. Ihr Blick ist kritisch. Einladend jedenfalls nicht. Trotzdem setze ich mich neben sie. Ob sie will oder nicht.
»Hallo!« sage ich und schicke ihr mein Lächeln. Von ihr kommt bloß die Andeutung eines Kopfnickens zurück – aber auch das ist ihr schon zuviel.
Die Blicke der anderen sind freundlicher, neutraler wenigstens. Frau Dr. Göbel wendet sich ihrem Tafelbild zu.
»Einen Moment noch, Johanna!«
Das Gebilde an der Tafel ist beeindruckend. Pfeile, Linien, in bunten Farben, dazu Fremdwörter, alle nie gehört. Ich ahne es: Frau Dr. Göbel versteht ihr Hand-

werk. Ich vermute, sie unterrichtet gerade das Fach Deutsch. So gemütlich wie bei Herrn Weber ist es hier nicht. Stifte kratzen übers Papier, die Kreide quietscht. Frau Dr. Göbel doziert, als wären wir im Hörsaal einer Universität. Wenn die anderen Lehrer auch so ranklotzen, dann schaffe ich den Anschluß an diese Klasse nie.

Ich schiele nach rechts – auf das Heft meiner so freundlichen Nachbarin –, erstarre vor Hochachtung und frage mich, was Frau Dr. Göbel zu dieser Schmiererei wohl sagen wird. Die Wörter *Assonanz*, *Epipher*, *Anapher* schwirren durch den Raum, wandern zur Tafel. Mich erreichen sie nicht. Dann darf, nein, muß ein Junge mit dem Namen David die Tafel putzen. Und ich werde nach vorne gebeten. Freiwild für Blicke, aller Augen warten auf dich, du Neue, mein Gott, wie lässig ich da stehen kann, obwohl meine Beine fast schon weggesackt sind.

Mit den Leuten hier könnte ich klarkommen. Es gibt ein paar Cliquen – schätze ich – wie überall. Vorne sitzen die Braven, nicht nur Mädchen, sauber und ordentlich, von Mami feingemacht. Weiter hinten die Abfahrer der neusten Mode, in den Schminkkoffer gefallen. Ein paar mäßig ausgeflippte Typen gibt es auch – mit Klamotten aus der Blütezeit ihrer Erzeuger. Aber kein einziger im Trödelfummel, keiner mit grünen oder blauen Haaren. Das ist nicht Kreuzberg, sondern Charlottenburg: absolut bürgerlich! Die meisten sehen so aus wie ich: unauffällig und mittelmäßig. Von richtig schrägen Typen keine Spur!

Nur meine Nachbarin scheint die Herausforderung zu

lieben: alte Jeans, die bald auseinanderfallen, zerknittertes, kariertes Hemd, Turnschuhe mit Löchern ... und dann diese Nickelbrille! In den langen dunkelbraunen Haaren einige rote Strähnen. Es paßt zu ihr. Ja, und dann dieser Blick. Der alles bis ins kleinste seziert! Also: Langweilig wird es mir neben ihr bestimmt nicht! Dann endlich verläßt Frau Dr. Göbel ihr eigentliches Thema. Und die Klasse darf mir – in alphabetischer Reihenfolge – die eindrucksvollsten Daten ihres Lebens eröffnen: pro Schüler eine Minute. Viel habe ich mir nicht gemerkt. Franziska kommt aus Ostberlin, die kleine rothaarige Mimi auch, und Jette, eine Blonde, die ziemlich viel quasselt, ist vor acht Jahren mit Ausreiseantrag in den Westen gekommen.
»Weshalb seid ihr denn nach Berlin gezogen?«
Das fragt ein Junge mit schwarzen Haaren. Den Namen konnte ich mir nicht merken, aber er sieht so ähnlich aus wie Franco, ziemlich südländisch.
»Beruflich!« sage ich.
»Na klar doch, Ostgeschäfte! Was sonst!«
Dieser Satz kommt nicht aus der Ferne. Meine Nachbarin hat mir sogar ihr schönes Gesicht zugewendet. Damit bloß kein Wort sein Ziel verfehlt. Frau Dr. Göbel wirft Franziska einen Blick zu. Ohne Kommentar. Franziska gibt den Blick zurück. Sie zuckt mit den Schultern, schaut mir ins Gesicht und sagt: »Es sind doch Ostgeschäfte, oder?«
Ich kann mich nicht verstecken. Knallrot werde ich und kann es, verdammt noch mal, nicht ändern. Aber ich werde gerettet. Frau Dr. Göbel kommt auf Franziska zu. Mit rotem Kopf.

»Franziska, es reicht!« sagt sie. Ruhig und beherrscht.
»Mir nicht!« sagt Franziska. »Ich will bloß wissen, was ihr Vater für Geschäfte macht! Das ist doch kein Verbrechen, oder?«
Frau Dr. Göbel sagt leise: »Ich möchte dich in der Pause sprechen, Franziska!«
Dann wendet sie sich ab und geht langsam zur Tafel zurück.
»Wie früher, kein bißchen anders! Das kapier ich nicht, Sokrates!« sagt meine Nachbarin.
Mir läuft es kalt über den Rücken. Jetzt ist sie übergeschnappt. Sitzt da und redet mit jemandem, der überhaupt nicht existiert. Jedenfalls hat derjenige, dem sie gerade was erzählt, schon lange die Augen zu. Zweitausend Jahre mindestens!
»Das kann sie doch nicht sein, die große Freiheit, Sokrates!« sagt sie.
Ich wage einen Blick nach rechts... und erstarre... mir bleibt die Luft weg... Eiskalt sitzt mir der Schrecken im Nacken... Sokrates!!!
Und er kommt direkt auf mich zu. Die Augen vor Angst weit aufgerissen – stecknadelkopfgroß! Der absolute Wahnsinn läuft direkt auf meinen Unterarm zu. Sokrates ist eine Ratte! Jetzt reicht's mir!
Ich rücke mit meinem Stuhl an die Wand. Bis dahin wird mich diese Ratte nicht verfolgen! Und Franziskas Sprüche – die kriegen mich hier auch nicht!
Frau Dr. Göbel starrt in unsere Richtung, fixiert uns eine Weile und wendet sich dann wieder ab, ihrer Tafel zu. Was hätte sie auch sagen sollen?
Ich kann mich nicht konzentrieren! Viel zuviel wan-

dert durch meinen Kopf. Immer wieder, hin und her, ohne mich zu fragen. Und versperrt dem Tafelbild von Frau Dr. Göbel den Zutritt zu meinem Hirn. Und dann ... ich weiß auch nicht, was es ist, aber: Ich kann meinen Blick nicht abwenden! Ja, von ihr, fünfzig Zentimeter rechts ... Es ist blöd, ich weiß, aber es geht nicht anders. Was ist das? Magie – oder was? Ich muß immer wieder ihr Gesicht anschauen: glatte Haut, leicht gebräunt, eine gerade Nase, volle Lippen, die leicht aufeinanderliegen. Die Wimpern reichen fast bis an die Brillengläser. Ich schätze, sie hat braune Augen ... Sie sitzt entspannt und aufrecht. Die griechischen Göttinnen in meinem alten Geschichtsbuch, die haben so ähnlich ausgesehen. Aber wahrscheinlich ist sie doch eher eine Hexe!
Und die Ratte? Ich riskiere einen Blick ... Mein Magen dreht sich. An ihrem makellosen Hals schlängelt sich rosafarben – ein nackter Rattenschwanz! Und verschwindet in ihrem karierten Hemd!
Es klingelt. Franziska erhebt sich. Sie hat es nicht eilig. Sie schreitet nach vorne. Mit einer Hand an ihrem Bauch, damit Sokrates nicht auf den Boden knallt. Gemeinsam mit Frau Dr. Göbel geht sie vor die Tür. Ruhig und gelassen.
Der Junge mit den schwarzen Haaren kommt auf mich zu und gibt mir die Hand.
»Hakob, falls du dir meinen Namen nicht gemerkt hast.«
Ich nicke ihm zu. Und erinnere mich. Er kommt aus Persien.
»Nimm's nicht so tragisch! So ist sie eben. Ab und zu

rastet sie aus. Und gegen die Geldhaie, die ihren Osten ausplündern, gegen die wird sie zur Furie. Verständlich, oder?«
Ich nicke und schlucke. Klar ist das verständlich!

Mein erster Schultag verläuft ohne weitere Zwischenfälle. Franziska schaut nach vorn und schweigt. Ab und zu hebt sie den Finger, entschlossen und sicher, wie jemand, der nichts zu verbergen und nichts zu verlieren hat. Ihre Antworten sind knapp, sie enthalten das wesentliche und sind fast immer richtig. So geht der Vormittag dahin. Franziska würdigt mich keines Blickes. Ich versuche, mich daran zu gewöhnen. Training. Mir fällt es nicht schwer. Kaum hat es geklingelt, steht Hakob neben mir. Das totale Kontrastprogramm zu meiner Nachbarin. Ich glaube, er kann gar nicht anders als lachen. Dabei zeigt er seine makellosen, weißen Zähne und streicht die schwarzen Locken aus der Stirn. Nett ist er. Mehr aber auch nicht! Die anderen bleiben auf Distanz. Nur Jette wirft mir ab und zu einen Blick rüber. Einen von der freundlich-neugierigen Sorte. Wenn ich was will, muß ich mich selbst kümmern. Abwarten, bis sie mich holen, das läuft nicht. Die Kindergartenzeiten sind vorbei. Am Ende des ersten Schultages weiß ich, daß ich diese Klasse niemals schaffen kann. In den Hauptfächern habe ich nichts kapiert. Noch nicht mal in Deutsch . . . Warum fahre ich eigentlich nicht zurück? Wenn ich heute nach der Schule den Zug nehme, sitze ich morgen wieder auf meinem alten Stuhl in der ersten Reihe ... Bei Anne auf dem Hof ist immer Platz für mich. Wenn ich mich durchgesetzt hätte, wäre ich jetzt sowieso nicht hier. Aber für meine Eltern war das überhaupt kein Thema. Das Pferd, ja! Aber die Tochter – die sollte nicht mit dem Misthaufen vor dem Fenster aufwachen. So direkt haben sie es natürlich nicht gesagt. Was sie wirklich denken, das kann man nur an den kleinen Veränderungen ihrer Gesichter wahrnehmen. Aber man muß schon ganz genau hingucken. Bei meiner Mutter zeigt sich Ablehnung an einem leichten Zusammenpressen ihrer Lippen. Mein Vater zieht die rechte Augenbraue für einen Moment nach oben. Auf diese Sprache werde ich in Zukunft genauer achten ...

**A**m Abend breche ich mein Schweigen.
»Ich will zurück!« sage ich. Dabei schaue ich ihnen in die Augen, so fest wie nie zuvor.
»Aber Jojo! Nein, nein!« sagen sie. Dabei schütteln sie ihre schönen Köpfe, bewegen sorgenvoll die Häupter.
»Wir besorgen dir einen Nachhilfelehrer! Du wirst sehen, es wird schon werden!«
Ich verstumme, verlasse den Raum. Aber ich schlage die Tür hinter mir zu!

**H**eute führt sie keine geheimen Gespräche. Aber ich traue ihr nicht. Wer weiß, wo Sokrates gleich auftaucht? Ich habe mich an den äußersten Rand des Tisches gesetzt. Wir haben Englisch – bei Frau Dr. Göbel. Würde sie Russisch sprechen, verstünde ich auch

nicht mehr. Sie reden über eine Lektüre. »Animal Farm« von George Orwell. Soll ich mir heute noch besorgen, sagt sie. Und sofort lesen, damit ich mitreden kann. Ich hoffe immer noch, daß ich das nicht erleben muß. Bisher ist es noch nicht vorgekommen, daß ich mehrere Sätze Englisch hintereinander gesprochen habe. In Deutsch schlägt sie auch voll zu. Ich denke, ich hab mich verhört. Doch es ist wahr: Ich darf, nein, ich *muß* ein Referat schreiben. Über Christa Wolf. Keine Ahnung, wer das ist! Aber ich bin nicht allein. Das Glück ist mal wieder ganz auf meiner Seite – auf meiner rechten Seite! Franziska hat sich den Arm ausgerissen für diese Dame. Sie muß also was ganz Besonderes sein. Ihr Ruf ist bloß noch nicht bis in unsere Provinz gedrungen. Ich glaube, mit meiner Bildung ist es nicht weit her. Bisher ist mir das noch nicht aufgefallen.
»Noch Fragen?« sagt Frau Dr. Göbel.
Franziska streckt sich. Sie sagt nichts, aber jeder kann es ahnen: Für sie ist längst nicht alles klar.
»Was gibt's, Franziska?«
Franziska macht eine leichte, kaum wahrnehmbare Kopfbewegung in meine Richtung.
»Erwarten Sie etwa, daß wir das Referat gemeinsam schreiben?«
»Ist das ein Problem?« sagt Frau Dr. Göbel.
»Also, ich setze bestimmt keinen Fuß in ihre Wohnung! Wenn sie was von mir will, müßte sie rüberkommen!«
Frau Dr. Göbel schickt mir einen Blick. Ernst und fragend.

Und ich nicke blöde, anstatt ihr entgegenzuschleudern, daß ich auf Franziskas Fuß in unserer Wohnung genausowenig Wert lege.
Trotzdem schade! Franziskas zerfetzte Schuhreste auf unseren edlen Marmorböden – diesen Anblick hätte ich meinen Eltern gegönnt!
Ihre Geschäfte gehen gut. Sie sind selten zu Hause. Und wenn sie da sind, dann meistens nicht alleine. Mir ist es recht. So muß ich nicht mit ihnen reden. Die Leute, die sie anschleppen, kommen aus einer anderen Welt. Auch sie haben dieses Lächeln, wenn sie ihre Perlenhälse recken und ihre Diamanten am Finger drehen. Diese Leute fahren nicht nach Dortmund oder Münster zum Einkaufen wie die Eltern von Anne. Nein, in diesen Kreisen ist Paris oder Rom angesagt. Als ob man da was kaufen könnte, was es in Berlin nicht gibt!

Meinen Eltern ist der Coup des Jahrhunderts gelungen: Häuser in der Friedrichstraße! Das feiern sie gerade.
»Irgendeiner muß denen doch auf die Beine helfen, das kriegen die doch selbst gar nicht hin!«
So reden sie und trinken dabei Champagner. Sekt wäre nicht standesgemäß!
Es ist klar, woher das Geld kommt, mit dem sie ihre Wochenendtrips bezahlen. Ich will damit nichts zu tun haben. Damit sie mich nicht mit Hummer und Lachs verfolgen, geh ich in mein Zimmer und schließe die Tür hinter mir ab.

Sie haben mein Taschengeld erhöht, mir ein Konto eingerichtet, eine Haushälterin eingestellt. Ich soll ein regelmäßiges Essen vorfinden, wenn ich aus der Schule komme. Auch die Anzeige für einen Nachhilfelehrer haben sie in die Zeitung gesetzt. Meine Mutter hat es aufgegeben, mir Angebote zu machen. Reitverein, Tennisclub, Modern Dance Center, hab ich alles abgelehnt. Ich brauche bloß das Wort Schule anzudeuten, dann kräuseln sie mitfühlend ihre glattmassierte Stirn und lassen mich in Ruhe. Und Klavierstunden? Später, sage ich. Ich bin immer noch nicht hier angekommen. Ich bin immer noch irgendwie unterwegs. Zurück? Wenn Oma wenigstens geblieben wäre... Sie hat bei uns im Haus gelebt, sich um den Haushalt gekümmert. Nach Berlin wollte sie auf keinen Fall. Und alleine in unserem Haus wohnen, das hat sie sich nicht mehr zugetraut. Sie ist in ein Altersheim gezogen. Dabei ist sie erst siebzig. Sie hat nur diesen einen Sohn, meinen Vater. Meinen Eltern kam das sehr gelegen. Ich bin endlich alt genug, brauche keinen Babysitter mehr. Ja, für mich ist sie nützlich gewesen. Meine Eltern haben ihr das Altersheim nicht ausgeredet. Nein, sie haben sofort eins ausgesucht. Ob Oma hierher gepaßt hätte? Zum Bedienen der Gäste kommt jetzt immer ein junges Mädchen mit weißer Schürze. Oma hat immer ihre alten geblümten Kittel getragen. Aus Synthetik. Darüber hat meine Mutter sich ständig aufgeregt. Aber die Baumwollkittel, die sie ihr mitgebracht hat, die wollte Oma einfach nicht anziehen.

Meine Eltern finden, daß ich zuviel allein bin. Ich soll

Leute einladen, mehr Leben in die Wohnung bringen. Hakob ist der einzige, der in der Nähe wohnt. Sein Vater ist Arzt. Diesen Umgang finden meine Eltern angemessen für mich. Sie sind froh, daß ich nicht mehr ewig bei Anne in der großen Küche hocke. So ein richtiger Bauernhof, mit Dreck und Gestank.
Ihre Nasenflügel haben immer leicht gebebt, wenn sie über den Hof geredet haben. Hakob kommt fast jeden Tag. Aber meistens bin ich ja schon beschäftigt: mit Christa Wolf.
»Wenn das Referat fertig ist«, sagt er, »geb ich eine Fete. Du kommst doch, oder?«
»Na klar!« sage ich. Und denke dabei, hoffentlich findet sie nie statt, diese Fete. Ich habe momentan keine Lust. Und keine Ahnung, warum.
Hakob findet es hirnrissig, daß ich mich durch das Gesamtwerk von Christa Wolf lesen will. Er hat über seinen Schriftsteller alles im Lexikon gefunden. Keine einzige Zeile, die Thomas Mann schrieb, hat er angeschaut. Vor ein paar Wochen hätte ich es wahrscheinlich genauso gemacht. Aber mir saß ja meine Nachbarin im Nacken. Sie hat mir einfach einen Zettel rübergeschickt mit dem Titel, den ich besorgen soll. Also hab ich brav das Buch »Nachdenken über Christa T...« gekauft. Zuerst hatte ich wirklich nicht die geringste Lust, über eine wildfremde Frau nachzudenken – und jetzt? Ja, jetzt läßt mich die Leitfrage des Buches einfach nicht mehr los. »Was ist das: dieses Zu-sich-selber-Kommen des Menschen?« Was ist das, dieser »nicht enden wollende Weg zu sich selbst?« Ja, das frage ich mich – nicht nur im Interesse von Christa

T. Vor allem frage ich mich das für mich selbst. Und damit habe ich genug zu tun.
Ich weiß verdammt wenig von der Welt. Und daß der Mensch ein so kompliziertes Innenleben hat – davon habe ich wirklich nichts geahnt. Zu Hause war der Kopf mit anderen Sachen voll. Da waren das Pferd, die Arbeit im Stall, Ausritte, Turniere, dann die Leute aus meiner Klasse, irgendwie war ich immer auf Achse. Zum Nachdenken bin ich nicht gekommen. Jetzt gibt es Zeiten, da würde ich mich am liebsten in mein Zimmer einsperren und ein Schild vor die Tür hängen: »Wegen Renovierung vorübergehend geschlossen!« Oder in einen hundertjährigen Schlaf versinken – so wie Dornröschen. Und nach den hundert Jahren? Ich weiß auch nicht, was da wäre – auf jeden Fall alles anders als jetzt! Aber ein Prinz, der mich wach küßt, das müßte es nicht sein . . .
Morgen fahre ich zu Franziska. Ich war noch nie im Osten. Alles, was ich weiß, hab ich aus der Zeitung oder aus dem Fernseher. Das ist verdammt wenig. Und die Sprüche meines Vaters will ich nicht übernehmen. Ich bin so aufgeregt, als würde ich nach New York fliegen. Nein, das ist Quatsch. Nach New York will ich überhaupt nicht. Meine Beziehung zu Franziska ist seltsam. Wir sitzen immer noch nebeneinander. Aber sie redet nur mit mir, wenn es sich nicht vermeiden läßt. Mein Blick wandert trotzdem immer wieder gern in ihre Richtung. Ich betrachte ihr Profil, so wie ich den Baum vor meinem Fenster betrachte. Es gibt eben Dinge, die kann ich stundenlang anschauen, einfach so, wegtauchen und wieder auftauchen. Zwi-

schen Franziska und mir steht eine unsichtbare Mauer. Ich komm nicht rüber.
Und nur, weil mein Vater Geschäfte macht, mit denen ich nichts zu tun habe?
Ich stehe vor ihrem Haus. Es ist ziemlich alt. Aber es fällt noch nicht auseinander. Mein Vater würde beim Anblick dieses Hauses seine rechte Augenbraue einen kleinen Moment nach oben ziehen und sagen: »Ein flotter Anstrich, neue Fenster, neue Türen – eine echte Rarität!« Mein Herz klopft, mir wird heiß, obwohl es kalt ist für diese Jahreszeit und erst recht viel zu kalt für Leinenschuhe. Ich hoffe inständig, er möge nicht wirklich hier gestanden, nicht wirklich diese Sätze gesagt haben. Ich bin verdammt nahe dran, den lieben Gott, oder wen auch immer, anzuflehen, mein Vater möge nicht gerade dieses Haus gekauft haben – ich stehe vor der Nr. 125 in der Friedrichstraße!
Und ich kann nicht zurück. Es ist genau vier Uhr. Wir sind verabredet.
»Also, wenn ich was nicht ausstehen kann, dann sind das unpünktliche Leute!« Diesen Satz hat sie mir heute mittag nach der Schule einfach ins Gesicht geknallt. Und ich habe ihn geschluckt. Ich drücke auf den Klingelknopf. Dreimal. Die Uhr zeigt bereits eine Minute nach vier ... Und dann warte ich und warte ... eine Minute, zwei Minuten. Fünf Minuten lang bearbeite ich den Klingelknopf. Endlich!
Die Tür fliegt auf: Vor mir steht ein Junge. Einen Kopf kleiner als ich, mit Locken wie ein Weihnachtsengel, Marke Rauschgold. Seine Augen fixieren mein Gesicht (hellblau sind sie, diese Augen). Der kleine Bruder?

»Du bist Johanna, oder?«
Im Treppenhaus ein muffiger Geruch. Die Holzstufen sind ausgetreten. Die Farbe an den Wänden ist schmutzigbraun. Noch nie habe ich ein Haus wie dieses betreten.
Er ist schon oben. Die Treppenstufen hochgeflogen, wie es sich für Engel gehört. Er reißt die Wohnungstür auf, die ist bunt gestrichen, in allen Farben dieser Welt. Ein neuer Geruch zieht in meine Nase. Nein, nicht einfach so ein Geruch! Ein Duft – bekannt, lang vermißt, wahnsinnig! Omas Gugelhupf mit zehn Eiern. Irgend jemand hat einen Kuchen gebacken! Für mich nicht, will ich gerade denken, da sagt er:
»Das ist mein Freitagskuchen! Ich lade dich ein!«
Er schaut mich an, mit einem verschmitzten Lächeln, als wäre ich eine alte Freundin, die er zum Kuchenessen eingeladen hat.
»Uraltes Rezept von meiner Großmutter. Den backt mir Franzi jeden Freitag. Zum Geburtstag hat sie mir ein Kuchenabo geschenkt. Weißt du, wie viele Freitage so ein Jahr hat?«
Ich schüttle den Kopf.
»Zweiundfünfzig!« sagt er. »Ich weiß nicht, ob sie das durchhält. Heute ist der dritte Freitag!«
Genau so einen Bruder habe ich mir jahrelang gewünscht. Aber statt dessen haben sie mir ein Pferd gekauft. Ab damit in einen Stall, weit weg vom Haus, regelmäßig das Geld überweisen – fertig!
Und jetzt?
Jetzt würde ich diesen Bruder hier am liebsten einpacken und mitnehmen! Seine verdreckten Turnschuhe

auf dem weißen Marmorboden, seine schmutzigen Finger an den weißen Wänden, seine lehmverschmierten Jeans auf der weißen Wildledercouch! Das wäre ein Anblick! Aber mein Bruder – gesetzt den Fall, ich hätte einen –, der würde wahrscheinlich keine Höhle bauen in irgendeinem gottverlassenen Hinterhof! Der würde vor seinem neuen teuren Apple-Computer hocken, sich ein Spiel nach dem anderen reinziehen, zur Abwechslung mal eine Video-Kassette einschmeißen – bekleidet mit Edeljeans, Marke »Sputnik« aus der Kinderboutique »Cinderella« – und mit sauberen Fingern Chips und Gummibärchen in sich reinstopfen und mit Cola runterspülen! Dieser Bruder würde weder Lärm noch Dreck machen!
Ich habe Mühe, dem echten Bruder hier zu folgen. Wir durchqueren ein Labyrinth von Fluren und Zimmern. Vorbei an alten Schränken, großen und kleinen Tischen, Stühlen mit und ohne Lehne, mit und ohne Polster, Plüschsofas, in der Ecke ein gelber Kachelofen... Ich kann mich nicht staunend festgucken, denn er ist schon längst weiter. Ich würde mich verlaufen, hier in dieser riesigen, verwinkelten, alten Wohnung, wenn ich ihm nicht folgen würde. Aber zum Glück hinterläßt er Spuren auf den Holzdielen. Seine Turnschuhe haben ein unübersehbar markantes Profil. Känguruhs aus feuchtem Lehm zeigen mir den Weg!
Alles in dieser Wohnung ist uralt. Die Bücher, Bilder, Gläser, Teppiche. Auch die Möbel der Küche. Bis auf die Farbe. Die ist neu und rot.
Auf dem Küchentisch steht knusprig braun der Ku-

chen. Franziska lehnt am Fenster und schlägt Sahne. Sie blickt kurz auf, schaut mich an, ja, richtig, mitten ins Gesicht, und ich zucke innerlich ein wenig zusammen. Hellblau sind sie – ihre Augen! »Hallo!« sagt sie. Mir wird ganz warm. Mit diesem einen Wort hat sie mein ganzes Unbehagen weggefegt. »Trinkst du Tee?« Tatsächlich: Sie meint mich ...
Ich nicke. Mir sitzt ein Kloß im Hals. Komisch.
»Du kannst den Tisch decken, Moritz, für uns drei!«
Genau, diesen meinen Bruder hätte ich auch Moritz genannt!
Er zeigt auf den Schrank.
»Ich komme ohne Stuhl nicht dran!«
Also decke ich den Tisch, mit zittrigen Händen.
Was passiert, wenn mir jetzt so ein altes Zwiebelmuster mit den gekreuzten Schwertern auf der Unterseite auf die Kacheln des Fußbodens fällt?
Wir sitzen am Tisch. Der Kuchen duftet. Der Tee dampft. Drei blaue Kerzen brennen. Es ist gemütlich. Aber anders gemütlich als bei Oma oder Anne – irgendwie aufregender, ja! Keine Ahnung, weshalb.
Es ist ewig lange her, daß mir ein Kuchen so geschmeckt hat ... Arbeiten kann ich jetzt nicht mehr!
Franziska guckt anders als sonst. Das überrascht mich. Sie guckt wie jemand, der den Augenblick genießt. Jetzt genießt sie gerade den Freitagsnapfkuchen mit Kerzen und Tee – trotz meiner Anwesenheit! Wie lange hält sie das durch? Sie ist mir ein Rätsel. Und ich habe Angst vor der nächsten Attacke. Wie gut, daß dieser Moritz neben mir sitzt und mich zum dritten Stück Kuchen überredet! »Hast du mich erkannt?«

Moritz zeigt auf die hintere Küchenwand. Unter dem roten Regal mit den alten Tonkrügen hängen eng nebeneinander Bilder mit und ohne Rahmen. Die leuchtenden Farben eines Blumenbildes fallen mir zuerst auf. Van Goghs Sonnenblumen sind auch nicht besser. Darunter hängen zwei abstrakte Bilder in kräftigem Grün und Gelb. Und in der Mitte unverkennbar: Moritz! Ziemlich groß ist das Bild, zweimal so groß wie mein Erdkundeatlas, schätze ich. Der Hintergrund ist blau, violett, dick aufgetragen mit Ölfarbe. Und im Vordergrund dann dieses verschmitzte Lächeln, die hellen blauen Augen und kräftig gelb (wie Kuchen und Kachelofen) das dichte lockige Haar. Es ist nicht nur schön, das Bild, es ist auch originell, nicht einfach ein Abbild, eine realistische Kopie. Es ist eigenwillig, ziemlich abstrakt, sparsam in Form und Linie, aber trotzdem ist Moritz genau zu erkennen.
»Toll!«
»Hat Franzi gemalt, letzte Woche!« Er wischt sich mit dem Pullover über seinen Sahnemund. »Als ich die Grippe hatte und tagelang im Bett liegen mußte. Normalerweise hätte ich das nicht ausgehalten. Stillsitzen, bloß damit sie mich malen kann, nee!«
So wie er die ganze Zeit mit seinem Stuhl kippelt, kann ich mir das gut vorstellen.
»Die anderen Bilder sind auch von ihr. Kannst du auch malen?«
Ich schüttle den Kopf. Nein, malen kann ich nicht. Leider. Vielleicht gerade noch ein Haus oder einen Baum. Was kann ich eigentlich? Malen jedenfalls nicht. Und sonst? Nichts Besonderes. Nichts von Be-

deutung jedenfalls. Nichts wirklich Wichtiges. Das bißchen Klavier zählt nicht. In der Schule schlage ich mich nur durch. So gut wie Franziska kann ich nichts.
Wer bin ich überhaupt? Wenn ich so bin wie Christa T., dann kriege ich das nie raus! Oder hat sie es doch jemals rausgekriegt? Nicht mal das weiß ich genau.
»Eh, du!« Moritz umfaßt mein Handgelenk. »Ich kann auch nicht malen. Bloß Pferde. Aber die hab ich lange geübt. Jahre hab ich dazu gebraucht. Franzi ist die einzige aus unserer Familie, die malen kann.«
Franziska steht auf. Sie stellt die Teller zusammen.
»Wir müssen noch arbeiten, Moritz. Du kannst in der Zwischenzeit abwaschen.«
»Zuerst muß mir Johanna noch was erzählen. Von ihrer Familie zum Beispiel!« sagt er.
Ich schlucke.
»Da gibt's nichts zu erzählen!« sage ich und bringe die Tassen zum Spülbecken.
»Das glaub ich nicht!«
»Wirklich nicht, Moritz!«
»Laß nicht locker!«
Auf diese Stimme habe ich gewartet. Sie hat lange geschwiegen. Ich sehe bloß ihren Rücken. Aber ich weiß, diesen Satz hat sie nicht sehr freundlich gemeint. Was kommt nun? Bis jetzt war es so gemütlich. Und ich habe tatsächlich gedacht, es würde nun immer so weitergehen...
»In ihrer Familie gibt es noch echte Raubritter, Moritz! Solche, die arme Leute ausrauben, übers Ohr hauen, sie ausnutzen, bis...«

»Echt? Raubritter haben Pferde, richtige Pferde ... dein Vater auch?«
Er ist aufgesprungen.
»Nun sag schon!«
Ich seufze tief. »Nein, er hat keins. Aber ich!«
»Wirklich?« Seine Augen sind jetzt doppelt so groß wie vorher.
»Läßt du mich mal reiten?« fragt er vorsichtig.
Ich nicke. »Warum nicht?«
»Und wann?« Jetzt flüstert er nur noch.
»Übernächste Woche. In den Herbstferien, wenn du willst!«
Franziska dreht sich um. Ihr Kopf ist knallrot.
»Ihr spinnt doch total!«
»Wieso denn? Wenn sie doch ein Pferd hat! Du hast es doch versprochen, oder?«
»Ja klar! Ehrenwort! Bloß, das Pferd ist ein bißchen weit weg von hier!«
»Macht nichts! Ich hab 'ne Umweltkarte. Die reicht für die ganze Stadt!«
Franziska ist schon an der Tür.
»Hör auf zu spinnen, Moritz!«
Und zu mir, mit diesem Sezierblick, eisig kalt:
»Wir sind zum Arbeiten verabredet!«
Ihre Worte kennen kein Erbarmen. Warum hat sie schon wieder zugeschlagen? Warum macht sie wieder alles kaputt?
Ich könnte heulen. Doch ich schlucke die Tränen runter. Eigentlich habe ich mit ihr überhaupt nichts zu tun. Das Referat. Gut! Mehr aber auch nicht! Ich folge ihr. Moritz hält mich zurück.

»Wo steht es denn, dein Pferd?«
»Auf einem Bauernhof im Münsterland. Fünfhundert Kilometer von hier!«
»Was?« Seine Augen glänzen, sein Mund steht offen. Er läßt sich zurück auf den Küchenstuhl fallen.
»Den wirst du nicht mehr los!« sagt Franziska. »Da hast du was angerichtet! Bin gespannt, wie du aus dieser Geschichte wieder rauskommst!«
Sie hat mal wieder recht. Nun werde ich ihn nicht mehr los. Das seh ich selbst. Hab ja Augen im Kopf. Unentwegt schaut er mich an. So können nur Kinder gucken! Hoffnung ist in seinem Blick, Staunen und ganz viel Freude – da weiß ich es: Ich will überhaupt nicht rauskommen aus dieser Geschichte! Klar, ich hab sie einfach so dahingesagt, die Sätze. Ohne zu überlegen. So wie man daherredet, weil es sich ergibt. Warum sollte ich ihn nicht mitnehmen? Ferien mit kleinem Bruder! Wo ist das Problem? Bei Anne auf dem Hof ist Platz für fünf weitere Brüder.
Ich schaue ihn an. Er sitzt immer noch ganz ruhig auf seinem Stuhl. Mund und Augen weit aufgerissen. Mit dickem Fragezeichen in seinem Blick. Am liebsten würde ich ihn jetzt packen, in die Luft werfen ... aber ich trau mich nicht ...
»Wenn du mitwillst, Moritz, kein Problem!«

Ich folge Franziska über die knarrenden Holzdielen den langen Gang entlang in ihr Zimmer. Die Tür rotlackiert mit schwarzen Glitzersternen. In gelber Leuchtschrift zwei Namenszüge: Franziska & Linda.

Gibt es noch eine Schwester? Beim Gehen kommt es mir vor, als wäre ich gewachsen. Mindestens um fünf Zentimeter!
Ich stehe in ihrem Zimmer. Hohe Wände, wie überall in dieser Wohnung, zwei große Fenster, Regale mit Büchern bis unter die Decke. Ein Etagenbett, ein alter Holztisch, violett lackiert, ein Schrank mit Spiegeltür und in der Ecke ein Haus. Ein Haus mit zwei Stockwerken, Treppe, Garten mit grünen Bäumen, und der Bewohner dieses interessanten architektonischen Gebildes zeigt sich und kommt auf mich zu. Nein, nicht ganz. Ein Drahtgitter trennt uns noch. Aber Sokrates hat mich wohl erkannt! Wie er sich so auf mich zu bewegt, mit der Abtrennung zwischen uns, ist er mir fast sympathisch ...
»Johanna, reicht das? Achtundfünfzig Mark?«
Moritz ist mir gefolgt und hält mir sein Sparbuch vor die Nase. Ich hab keine Ahnung, was eine Fahrkarte nach Münster kostet – aber ich nicke!
»Ich verdien auch bald wieder was. Als Amor in ›Orpheus und Eurydike‹!«
»*Womit?*« Aber meine Frage geht unter in seiner Frage:
»Wie heißt dein Pferd?«
»Ombra!« sage ich.
Aber er kann es nicht mehr hören. Franziska hat ihn rausgeschoben und die Tür zugeknallt.
Wir sitzen auf den harten Holzstühlen – Christa Wolfs Gesamtwerk auf dem Tisch, daneben unzählige, engbeschriebene Zettel. Franziska ist fleißig gewesen. Aber an diesem Nachmittag wird uns beiden nichts

gelingen. Keinen Millimeter werden wir uns unserer Frage nähern. Mit dieser Mauer läßt sich das Referat nicht schreiben. Ich lehne mich zurück und lasse meine Augen wandern. Ich fühle mich wohl hier! In dieser wildfremden Wohnung, deren Bewohnerin mich nicht beachtet, die mich sogar aus tiefster Seele zu hassen scheint ...
Schon kündigt sich die Rettung an! Wildes Klingeln, Stimmen, Schritte, im Flur, vor der Tür, nein, bis ins Zimmer sind sie noch nicht vorgedrungen. Moritz steht schützend davor, mit roten Gummistiefeln in der Hand, und will wissen, ob er die zum Reiten nehmen kann. Lange hält er die Stellung nicht.
»Die Linda hat mir gerade noch gefehlt!« Moritz stöhnt auf.
Sie überrollen ihn ganz einfach, auch uns, machen sich breit mit dem Gekicher und Geschwätz zwölfjähriger Mädchen. Sie sind zu viert. Franziskas Worte erreichen ihre Ohren nicht. Längst liegen sie auf den Betten, eine schräge Kassette im Recorder, sie begrapschen den Inhalt einer Fototüte mit schrillen Ausbrüchen ... gerne würde ich mich fallen lassen wie sie ...
»Alles blöde Ziegen, die Linda anschleppt! Die ekeln mich immer raus, die Doofen!«
Nicht nur ihn. Franziska verschwindet mit den tausend Zetteln und dem Gesamtwerk in der Küche. Moritz zieht mich in sein Zimmer. Nein, kein richtiges Zimmer, es ist eher eine Kammer. Früher haben hier die Dienstmädchen geschlafen. Moritz hat ein Hochbett. An den Wänden, auf Regalen seine Eroberungen: Pferde! Aus Holz, Plastik, Metall, Plüsch, auf Papier.

Eine Tür fällt ins Schloß. Holzdielen knarren. Unbekannte Stimmen dringen bis zu uns.
»Meine Eltern!« sagt Moritz und stürzt auf den Flur.
»Stellt euch vor!« ruft er ihnen entgegen. »Ich habe gewonnen: eine Woche Reiten in den Herbstferien! Toll, was?«
Seine Eltern gucken sich an und lächeln. Sie hängen ihre Jacken an die Garderobe und ziehen ihre Schuhe aus.
Ungerecht ist das Leben, einen Pulsschlag lang, nein, kein Selbstmitleid. Wäre ich in Tschernobyl geboren oder in der Sahel-Zone, dann ja, und doch: diese verdammte Sehnsucht! Heute läßt sie sich nicht zurückschicken, Empfänger verzogen, an Absender zurück... ich muß sie aushalten. Franziskas Eltern reden wenig, sie lachen kaum; erschöpft sehen sie aus, sie strengen sich nicht an, keine Show, und doch fühle ich mich wohl. An diesem Küchentisch ist mir wärmer als am flackernden Kaminfeuer in unserer weißen Marmorhalle.
Kurz vor acht. Moritz muß ins Bett. Franziska taucht auf, reicht mir zwei Bücher und einen Zettel mit der Anweisung: lesen, kurz zusammenfassen, bis zum 9. November!
In fünf Minuten werde ich erwartet. Nein, Franziska, dir verrate ich nicht, von wem!

**D**ie Dunkelheit verschluckt das fahle Licht der alten Straßenlaternen. Kaum ein Auto, nur ab und zu eine Gestalt in der Finsternis, schwarz wie die Nacht dieser Abend, nicht mal ein Stern am Himmel. Selbst aus dem »Tacheles«, der Ruine des ehemaligen Wertheim-Kaufhauses, kein Ton, nur funzeliges Licht. Hier soll immer was los sein, steht im »Berlin-Führer für junge Leute«. Von alternativem Entertainment, Musik und Theater merk ich hier draußen nichts. Ich verlasse die Oranienburger Straße, biege links ein in die Tucholskystraße, vor der Nr. 40 marschiert ein Polizist auf und ab. Meine Ahnung wird zur Vermutung... Ich werde bereits erwartet. Im *Beth-Café* sitzt mein Vater. Er ist nicht allein, neben ihm ein Mann mit kleiner Kappe auf dem Hinterkopf. Da weiß ich Bescheid! Sie reden Englisch. Als ich vor ihnen stehe, verstummen sie. Der Fremde erhebt sich, packt seine Papiere in einen Lederkoffer und verabschiedet sich.

Mein Vater zeigt seine weißen Zähne und lehnt sich entspannt zurück. Wahrscheinlich wieder ein Geschäft des Jahrhunderts!

»Setz dich, hier gibt es hervorragende jüdische Spezialitäten! Den Beth-Teller kann ich dir empfehlen!«

»Ich hab heute auch eine Empfehlung! Die Nr. 125 in deiner Lieblingsstraße, falls sie dir nicht schon längst gehört!«

Eine Sekunde lang beben seine Nasenflügel:

»Ungeklärte Besitzverhältnisse, würde ewig dauern, bis da was zu machen ist. Aber das Objekt selbst, eine Rarität! Du hast ja tatsächlich schon den Profiblick, Jojo!«

»Zählst du dich zur neuen Generation der Raubritter?«

Die rechte Augenbraue schnellt nach oben, bedrohlich lange, jetzt ist es weg, das Lächeln! Endlich!
»Was soll das, Jojo? Du weißt doch genau, daß ich mein Geld auf eine verdammt ehrliche Weise verdiene. Mehr noch. Ich leiste meinen Beitrag zur Entwicklung dieses Landes! Guck dich doch um! Überall bröckeln die Fassaden, keine Leitung funktioniert mehr richtig. Das muß alles von Grund auf erneuert werden. Das kannst du nur, wenn du die Häuser kaufst, und nur, wenn sie leer sind, kannst du sie sanieren. Alles andere ist Kleckerei und bringt nichts für die Zukunft!«
»Aber die Menschen...«
»Die können froh sein, daß sich jemand um ihre Bruchbuden kümmert. Dankbar müßten die sein!«
Er atmet tief.
»Eins sag ich dir, Jojo, auf solche Diskussionen laß ich mich nicht ein. Mit niemandem. Das hab ich nicht nötig!«
Aus irgendeiner Schublade hat er sein Lächeln zurückgeholt.
»Jetzt machen wir uns einen gemütlichen Abend, wir zwei, ja? Wollen wir woanders was essen?«
»Nein, ich will nach Hause!«
Schon wieder zuckt bedrohlich die Augenbraue, die Nasenflügel beben. Diesen Abend hat er sich ganz anders vorgestellt! Vertraut und vereint mit dieser seiner einzigen Tochter... Ja, fast tut er mir ein bißchen leid, obwohl Augenbraue und Nasenflügel wieder unbeweglich an ihren Plätzen ruhen. Mit einem Lächeln legt er einen Geldschein auf den Tisch.
»Nach Hause, sagtest du?«

Ich nicke. Einen Moment lang streift mich sein Blick.
»Müde siehst du aus!« sagt er, und dieses Mal bleibt seine Augenbraue oben. Ich wende mich ab.
Ich lasse mich in die weichen Lederpolster fallen und schließe die Augen. Ja, ich gebe zu, ich bin froh, daß ich jetzt nicht auf den zerschlitzten, verdreckten, unbequemen Polstern der S-Bahn hocken muß. Auch der Gucci-Duft, der hier zwischen den Sitzen hängt, ja, auch er ist mir lieber als der Gestank der Bier- und Urinpfützen in den Ecken der S-Bahn-Züge ... Und trotzdem: Das hier, das kann doch nicht alles sein! Das ganze Leben zwischen Kreditkarten, teuren Düften, Edelrestaurants. Über Geld keine Silbe, das ist einfach da. Keine Ahnung, was da wirklich läuft. Wer weiß, wie viele Millionen Schulden daranhängen ... Ich brauche keine Designerstühle aus Leder und Metall – mir reicht ein rotgestrichener Holzstuhl, auch wenn er wackelt.

Auf dem Spiegel in der Marmorhalle klebt ein Zettel. *Es kann spät werden!* Die Handschrift meiner Mutter! Unmißverständlich ihre Botschaft, für uns, die Eingeweihten. Seltsam. Mein Magen bleibt erstaunlich ruhig ...
Es war mein Geburtstag. Wir saßen vor meiner Geburtstagstorte mit den Marzipanrosen und der großen Zehn in der Mitte. Da stößt mich die dicke Laura an. Ich denk, sie will meine Marzipanrose, ich hatte sie an den Tellerrand geschoben. Sie war so schön, zum Essen viel zu schade! Laura sagt den Satz, fast nebenbei,

mit vollem Mund, kaum zu verstehen. Aber sie lassen alle ihre Löffel fallen, glotzen mich an, meine sechs Freundinnen, und ich sitz da wie blöd und denk bloß, das ist doch mein Geburtstag, wieso reden sie so gemein über meine Mutter? Und ich tu so, als hätte ich den Satz gar nicht gehört, spieße meine Rose auf und stopfe sie in mich rein. Sagen kann ich vorläufig nichts. Nicht mal kauen kann ich, sie ist einfach zu groß, die Riesenrose. Wann werden sie endlich das Thema wechseln? Aber nein! Immer wieder sagen sie diesen einen Satz und dann alle auf einmal, durcheinander, aber im Flüsterton, hinter vorgehaltener Hand (wohl wegen meiner Eltern!): »Sag bloß, das stimmt?«
Ich renn raus, aufs Klo, weg mit der Rose, der schönen Marzipanrose, nein, verdammt noch mal, ich heule nicht! Niemals!
Ich trete ihnen entgegen. Locker und lässig. Ich lächle. »Die Laura spinnt doch total! Habt ihr das etwa geglaubt?«
Mein Blick ist knallhart. Ich hab mir eine Mauer gebaut, und die schützt mich gut! Sie verstummen und starren auf ihre Kuchenreste. Das war's dann!
Sie haben nie wieder damit angefangen. Von Zeit zu Zeit haben sie getuschelt oder komisch gegrinst. Von ihren Eltern gab's manchmal mitleidige Blicke. Mehr nicht. Nein, Laura hat nicht gelogen. Es war die Wahrheit. Damals fing es an. Alles total geheim. Trotzdem wußte die ganze Stadt Bescheid. Am liebsten wär mir gewesen, meine Eltern hätten aufgehört zu existieren. Eigentlich bin ich bloß wegen Oma noch zu Hause aufgetaucht. Ich fand das alles so zum Kotzen, daß

kaum eine Mahlzeit in meinem Magen geblieben ist. Mit der Zeit hat sich das gelegt. Da ist der Schmerz nicht mehr durch die Mauer gedrungen. Auch meine Wut und meine Trauer sind draußen geblieben. Natürlich habe ich nicht auf dem Mond gelebt. Auch an der Provinz geht das Leben nicht vorbei. Und in jedem Fernsehfilm immer und immer wieder das eine: Anfang und Ende einer Liebe, mal komisch, mal tragisch, meistens dramatisch. In den bunten Blättern der Presse jede Woche neu, wer mit wem, warum, wie lange ... und trotzdem, obwohl es die alltäglichste Sache der Welt zu sein scheint, hab ich mich nur schlecht daran gewöhnen können, daß meine Eltern neben Tennis und Reisen auch noch dieses Freizeitvergnügen für ihr Lebensglück brauchen.
*Es kann spät werden!*
Damit fängt es an.
Der letzte Typ meiner Mutter war ein Student, zwanzig Jahre jünger als sie, nicht viel älter als ich. Der Umzug hat diese Affäre beendet. Nein, mein Vater ist kein enthaltsamer Asket ... auch wenn er jetzt für einen Moment einen ziemlich verwirrten Gesichtsausdruck hat. Bei nächster Gelegenheit ist er ebenfalls wieder unterwegs, auf Geschäftsreise, häufiger als nötig, auch am Wochenende. Am Abend Termine bis in die Nacht, ein halbes Jahr lang, dann wechselt er seine Sekretärin, zunächst bleibt er zu Hause, bis die Reisen und Termine wieder anfangen ...
Keine Ahnung, warum sie zusammenbleiben. Aus Gewohnheit – oder warum? Andere Leute lassen sich zwischendurch wenigstens mal scheiden oder ziehen

in getrennte Wohnungen, schleppen neue Väter und Mütter an, mit und ohne Kinder. Ja, wenn wenigstens ein Bruder dabei rausgesprungen wäre. Aber sie lieben eben bloß die Abwechslung, das Abenteuer. Ach, was weiß ich! Oft denke ich, daß sie mich vielleicht adoptiert haben. Also, ihr Kind zu sein, das kann ich mir einfach nicht vorstellen.
Ich zerreiße den Zettel, die Schnipsel lasse ich ganz einfach fallen. Auf den makellosen Marmorboden.
Ich liege in meinem Bett mit dem Telefon ohne Kabel, die unsichtbare Nabelschnur zur Welt. Neun Zahlen eingetippt, und Anne berührt mit ihren Lippen fast mein Ohr.
»Wann kommst du?«
»Also ...« Pause. »Ich würde gern jemanden mitbringen!«
»Den Hakob etwa?«
Anne hat echt den Durchblick!
»Nee, den doch nicht. Moritz heißt er!«
...
»Was ist?«
»Eigentlich hätte ich dich lieber für mich ganz alleine!«
»Keine Sorge, der stört uns nicht, der Moritz! Der interessiert sich mehr für mein Pferd als für mich!«
»Das soll ich dir glauben?«
»Wirst du ja sehen!«
»Wie alt ist er denn?«
»Keine Ahnung, ich hab ihn heute erst kennengelernt!«
»Das geht zu weit, Jojo!«

»Ach, Anne! Alles total harmlos! Er könnte acht sein oder neun, vielleicht auch zehn. Aber ich kenn mich nicht so aus mit kleinen Jungs!«
Wir haben Ewigkeiten geredet. Dann bin ich eingeschlafen. Jetzt ist es kurz vor elf. Die Nacht hat noch nicht angefangen, aber ich fühle mich ausgeruht und wohl wie nach einem langen Schlaf. Ich strecke mich, doch die Grenzen meines Bettes erreiche ich nicht. Mir geht es gut! Nur noch eine Woche, und ich bin wieder da, wo ich hingehöre. Eine Freundin wie Anne kann man nicht kaufen – mit keiner Kreditkarte der Welt! Wozu brauche ich eigentlich noch meine Mutter?
Auf dem Weg zum Kühlschrank sehe ich meinen Vater. Einsam hockt er auf der Wildledercouch, neben sich auf dem Fußboden eine Flasche Cognac. Er starrt in den Fernsehapparat. Nein, keine Liebesgeschichte, was Dokumentarisches läuft an ihm vorbei. Genau! Meine Bildung, an der wollte ich was ändern! Ich setze mich neben ihn. Sofort steht er auf und holt mir eine Packung Cashewnüsse aus dem Schrank. Am Ende der Sendung ist meine gute Stimmung dahin. So deprimiert war ich lange nicht. Diese Welt ist nicht mehr zu retten, kommt es mir vor. Sie ist grausam und kaputt. Nicht nur die Natur geht langsam zugrunde, nein, zuerst der Mensch! Und das nicht tausend Meilen von hier. Nein, gleich um die Ecke, vielleicht drei Straßen weiter. Nein, noch näher. Möglicherweise knacken sie gerade in diesem Moment die neuen Benz-Modelle in unserer Tiefgarage. Das war erst der erste Teil der Sendereihe über »Die Straßenkinder Deutschlands«.
Zum Frühstück sind wir mal wieder nur zu zweit!

Ich weiß nicht mehr, wann es angefangen hat mit der Küsserei zur Begrüßung. Zuerst war ich froh, daß sie mir nicht so nahe kamen. Ich fand es komisch und hab mich gefragt, was da abläuft. Bis mir klar war, daß es für sie keine andere Bedeutung hat als »Hallo!« Da hab ich mir gewünscht, endlich dazuzugehören. Nur den Mut, auf sie zuzugehen, den hatte ich nicht. Dann, an einem Freitagmorgen, vor dem Chemiesaal. Ich war spät dran, sage »Hallo«, wie immer zu allen, da kommen Mimi und Jette auf mich zu, küssen mich, ja, mitten auf den Mund, wie das hier üblich ist. Die anderen auch, bloß die Jungen nicht. Hier in Berlin küssen sich eben nur die Mädchen. Ich hab mich echt gefreut. Nur Franziska – sie hat nicht mal aufgeschaut. Das hat mir einen Stich versetzt, in der Herzgegend.
Es wird Zeit, daß bald Ferien sind!
Auch heute meidet sie mich – wie immer. In der Pause schiebe ich ihr einen Brief für Moritz rüber. Da schaut sie mich an, länger als sonst, und nickt. Der Brief enthält die Abfahrtszeiten des Zuges und die Fahrkarte. Mein Vater hat mir dreihundert Mark gegeben. Die haben leicht für uns zwei gereicht. Ich will nicht, daß Moritz sein Sparbuch plündert.
Am nächsten Morgen kommt Franziska auf mich zu. Anders als sonst. Sie schaut mich an, sagt »Hallo«, ja, fast freundlich, und gibt mir einen Brief. Mir zittern die Hände, mein Herz klopft. Nein, von Franziska ist er nicht. Wieso auch? Auch nicht von Moritz. Die Eltern, Hildegard und Peter Fink, wollen mich am Samstagnachmittag sprechen.

Was mag das bedeuten? Wollen sie ihn nicht fahren lassen? Warum habe ich an diese Möglichkeit gar nicht gedacht? So ein Wahnsinn! Da kommt ein wildfremder Mensch und beschlagnahmt einfach einen Bruder – ohne die Eltern zu fragen. Und dann, wer weiß, was Franziska ihnen erzählt hat? Aber es gibt kein Zurück. Versprochen ist versprochen!

Ich hätte nie gedacht, daß es so tolle Märkte in Berlin gibt! Hier habe ich einen bunten Herbststrauß gekauft. Für den schönen alten Tonkrug auf dem roten Küchenregal in der Friedrichstraße.
Moritz reißt die Tür auf und fuchtelt mit den Armen.
»Sie glauben mir die Geschichte mit dem Preisausschreiben nicht. Doof, was?«
Ich nicke. »Wir kriegen das schon hin!«
Wieder hängt ein Duft in allen Fluren. Auf dem Tisch im Berliner Zimmer steht der Freitagskuchen.
»Sie hat durchgehalten bis jetzt. Bloß manchmal liefert sie ihn einen Tag später. So wie heute!«
Ich lehne mich an den Ofen und streiche über die gelben Kacheln. Sie sind angenehm warm. Aber ihre Wärme will nicht auf mich überspringen. Ich weiß nicht, was mich hier erwartet – außer Kuchen. Das macht mir angst.
Kaum sitze ich am Tisch, schlürfe heißen Tee, taue ich auf. Die Wärme wandert nur langsam von den Haarwurzeln bis in die Zehenspitzen. Noch sind wir zu viert, Moritz zwischen seinen Eltern. Die sind heute entspannt und heiter. Meine Bedenken fliegen durch

die Scheiben hindurch zum Fenster hinaus. Sie hören sich unsere Geschichte vom Preisausschreiben an, ja, sie finden die Idee natürlich umwerfend. Von einer solchen Reise träumt Moritz schon seit Ewigkeiten. Sie dachten, es wäre bloß einer seiner Späße. Aber sie haben doch Bedenken. So einfach auf Kosten anderer, noch dazu unbekannter Leute ... nein!
»Annes Eltern werden anrufen, sie freuen sich auf Moritz. Ihre eigenen Söhne sind alle schon über zwanzig.«
»Wirklich?«
»Ja, bestimmt!«
Beruhigt sind sie nicht. Und würde Moritz nicht so penetrant mit der Gabel auf den Tellerrand klopfen, im Wechsel mit klagendem Betteln und Fluchen, hätten sie das Thema bestimmt schon beendet.
Aber die Fahrkarte? Die können sie nicht annehmen.
Doch, sage ich, das ist mein ganz persönliches Geburtstagsgeschenk für Moritz.
Darüber wollen sie noch mal reden. Das muß nicht heute sein. Sie wechseln das Thema und schneiden den Kuchen an.
Die Bleigewichte gleiten auf den Boden. Ich atme tief. Franziska scheint wirklich nichts Schreckliches von der Raubrittertochter erzählt zu haben!
Ich zeige mutig auf das fünfte Gedeck.
»Ja, genau!« sagt Moritz. »Hol sie doch!«
Ich verlasse das Berliner Zimmer. Kaum bin ich zwei Schritte gegangen, muß ich stehen bleiben. Diese Töne da hinter der dritten Tür treffen nicht nur meine Ohren! Ich lehne mich an die Wand und schließe die

Augen. Ich habe nicht gewußt, daß Franziska Flöte spielt. Und so schön, daß ich das Atmen vergesse. Eine tiefe Sehnsucht spricht aus diesen Tönen. Kein Vergleich zu dem, was ich meinem Klavier entlocke.
»Traust du dich nicht rein?« Ich schüttle den Kopf.
»Sie ist echt in Ordnung. Aber es dauert, bis du das rausgefunden hast!«
Moritz klopft leise an ihre Tür. Die Töne sind verstummt. Als wären sie nie gewesen. Er öffnet die Tür. Franziska legt die Flöte auf den Tisch. Ihr Gesicht ist leicht gerötet. Die Augen streifen mich mit durchsichtigem Blau. Schön sieht sie aus . . .
Ich schlucke. Dann wachse ich über mich hinaus.
»Kannst du das noch mal spielen?«
»Später, ja?« sagt Franziska.
Ich nicke. Obwohl mir jetzt nicht nach Kuchen ist. Ich habe einen anderen Hunger. Wonach?
Ich schaffe es nicht mehr, darüber nachzudenken. Moritz erzählt Witze, die ich nach fünf Minuten schon wieder vergessen habe. Ich sehe Franziska lachen. Zum ersten Mal. Sie hat schöne weiße Zähne. Ganz gerade. Mir ist warm. Innen und außen.
Ich trenne mich nur ungern von ihnen allen. Ihre Melodie hat mich noch nicht verlassen. Sie schwingt in mir. Aber ich traue mich nicht ganz, Franziska zu erinnern. Ich stehe schon im Flur, da sagt sie:
»Wenn du willst, spiel ich noch für dich!«
Nein, angeschaut hat sie mich nicht bei diesem Satz. Sie zieht mich zurück ins Berliner Zimmer, drückt mich in einen alten Sessel, in dem ich versinke. Was kümmern mich die spitzen Sprungfedern . . .

Sie steht vor mir, nur zwei Meter von mir entfernt, ein wenig breitbeinig, fest auf dem Boden, mit geraden Schultern, ganz aufrecht, mit erhobenem Kopf. Stolz sieht sie aus, unnahbar, beide Arme angewinkelt, waagerecht vor der Brust. In den Händen, fast schwebend, die Flöte. Ihre Finger tanzen über die Silberklappen, schneller, als ich gucken kann. Ihre Lippen liegen schmal an der Flötenöffnung. Mir ist ein wenig schwindelig. Ich betaste mein Gesicht.
Es ist so heiß, als hätte ich Fieber. Ich schließe die Augen. Lasse mich fallen, tiefer, immer tiefer, versinke im Meer der Töne, lasse mich treiben, tauche auf und wieder unter... eine Ewigkeit lang. Ich wünsche mir, sie möge niemals aufhören zu spielen.
Doch die Musik verstummt – dann ist die Stille da, und ich weiß nicht, wie ich sie aushalten kann.
Ich taste zu meiner Stirn. Fieber? Ist das der Grund für meinen abgehobenen Zustand. Franziska zeigt mir die Noten. »Reigen seliger Geister« aus Orpheus und Eurydike von Christoph Willibald Gluck.
»Das ist zur Zeit mein Lieblingsstück. Hat es dir gefallen?«
»Ja, sehr!«
»Am 9. November könntest du die ganze Oper hören!«
Das sagt Franziska. Zu mir!
Oder hab ich mich verhört? Sag es noch einmal, bitte...
»Nicht nur hören! Sehen! Mich nämlich! In der Hauptrolle!« Moritz schickt mir ein Grinsen.
»Aha!« Mehr fällt mir irgendwie nicht ein.

»Wirklich! Ich bin Amor, der Sohn von Ares und Aphrodite, und muß dem Orpheus die Bedingung für die Rückkehr von Eurydike überbringen. Du weißt doch, sie ist tot, Schlangenbiß, er, der Sänger, klagt verzweifelt, weil er sie so schrecklich geliebt hat. Das soll's ja geben!
Jedenfalls reicht sein Gejammer, um das Herz der Götter zu rühren, so daß sie ihm ausnahmsweise Eurydike noch mal zurückgeben wollen. Nur muß er sie selbst aus dem Hades abholen, und er darf sie erst anblicken, wenn sie wieder in der Oberwelt sind.«
Moritz schaut mich an. Skeptisch.
»Blickst du da durch?«
Ich scheine nicht so auszusehen. Mein Kopf war wirklich schon mal klarer. Von Amor hat er was erzählt. Ja, von dem hab ich natürlich gehört. Das ist der Knabe mit Pfeil und Bogen, peng, ein Schuß, und der Getroffene muß sehen, wie er mit der Liebe klarkommt! Also, dem möchte ich vorläufig nicht begegnen.
Moritz schüttelt mich.
»Was ist los? Du bist heute irgendwie aus der Welt! Ich such dir mal das Programmheft raus, dann kannst du die Geschichte nachlesen. Zum Glück brauche ich nicht selbst zu singen. Eine Frau aus dem Chor macht das für mich!«
»Wenn du willst«, sagt Franziska, »besorgen wir eine Karte für dich!«
»Übernachtest du dann bei uns? Die doofe Linda schicken wir dann einfach zu einer Freundin!«

Die Herbstferien! Ja, Moritz fand sie toll!
Für mich hing ein leichter Grauschleier über dieser Woche. Obwohl der Himmel blau war wie selten Ende Oktober. Die Sonne meinte es gut mit uns. In der Mittagszeit konnten wir im T-Shirt auf der Bank vor dem Haus in der Sonne sitzen. Moritz wär am liebsten in kurzer Hose herumgelaufen, wenn er eine im Koffer gehabt hätte.
Und trotzdem dieser Grauschleier!
Bei Anne auf dem Hof habe ich mich wohl gefühlt wie immer. Aber der alte unbekümmerte Kontakt hatte einen Riß bekommen. Für mich jedenfalls. Leicht nur, völlig unsichtbar noch, aber doch schmerzlich spürbar. Die Leute aus meiner alten Klasse – sie waren plötzlich so weit weg. Das hier war nicht mehr meine Welt. Wo aber denn, wenn nicht hier? Berlin? Das war es doch auch nicht!
Es war trotzdem schön. Das Reiten über die abgemähten, weiten Felder, durch den Wald, der schon ein wenig nach Herbst roch, die Blätter in leuchtenden warmen Farben. Besonders das Gelb, dieses Kachelofengelb habe ich genossen. Aber es war nicht mein Pferd Ombra, mit dem zusammen ich mich mit der Welt im Einklang fühlte, so wie früher. Es war einfach die Natur.
Doch da war noch Oma... in ihrem Altersheim. Nein, keins von diesen muffigen Kästen! Neu und gepflegt, im Grünen. Wirklich eine Idylle. Nichts von dem, was das Fernsehen manchmal an Schrecklichkeiten präsentiert. Mein Vater läßt seine Mutter wirklich

nicht verkommen. Einen besseren Platz hätte er nicht finden können.
Doch meine Oma gab es dort nicht mehr. Meine etwas runde Oma mit den weißen Kräusellocken, den Lachfalten um Augen und Mund. Diese Oma war abgemagert und knochig, die weißen Haare hingen strähnig herab. Diese Oma hatte das Lachen verloren. Sie starrte nur noch an die Wand. Und kannte mich nicht! Ich habe auf sie eingeredet, ich habe ihre Hand genommen, ich habe geweint, so wie früher, wenn ich Kummer hatte. Sie hat überhaupt nicht reagiert. Da hat mich ein Gefühl von totaler Verlassenheit gepackt, ein nicht auszuhaltender, irrsinniger Schmerz! Und der hat mir den Boden unter den Füßen weggerissen. Ich bin in einem weißen Zimmer aufgewacht. Eine Krankenschwester saß neben mir. Sie hat gesagt, daß sich so eine Entwicklung bei sehr vielen alten Menschen einstellt, die plötzlich aus ihren gewohnten Lebensbezügen herausgerissen werden. Ja, das wäre traurig, aber nicht zu ändern. Da habe ich mir meine Schutzmauer gebaut. Stein auf Stein. Und keine Träne mehr geweint.
Ich habe gespürt, jetzt ist meine Kindheit wirklich vorbei! Dabei habe ich mich alles andere als erwachsen gefühlt. Hilflos und schwach. Aber da war niemand mehr, der mich hätte trösten können. Ja, sie lebte noch, meine Oma. Aber für mich war sie schon so gut wie tot!
Moritz hat mich von diesem Tag an begleitet. Und er hat ihr immer etwas mitgebracht. Mal ein selbstgemaltes Bild, bunte Blätter, einen Strauß Blumen. Er hat ihr seine Witze erzählt, ganz unbekümmert. Damit hat er meine Trauer erträglich gemacht.

Morgen ist der 9. November! Gerade hat Moritz angerufen und gefragt, ob ich nicht schon heute kommen kann. Er will mich und Franziska ins Kino einladen.
Meine Handflächen sind feucht. Mir klopft das Herz. Irgendwie seltsam. Ich packe den Rucksack für zwei Nächte und hinterlege einen Zettel mit der Telefonnummer. Bei meiner Mutter ist es mal wieder spät geworden in den letzten Tagen. Trotzdem, es könnte ja sein, daß irgendeiner mich vermißt.
Um sechs haben wir uns im Zoo-Palast verabredet. Im Foyer empfängt mich eine Popcornwolke, aus der ich mich nicht retten kann. Moritz stürzt auf mich zu, mit wehenden Locken. Franziska schickt mir ein Lächeln. Mit diesen beiden halte ich jeden Film aus!
Wir stehen einander gegenüber. Franziska und ich, im grellen Licht der Neonröhren. Da gibt sie mir einen Kuß. Mitten auf den Mund! Ich weiche zurück. Stürze ab. Getroffen. Mitten ins Herz. Ich entschwebe. Ewigkeiten dauert dieser Flug ... Dann – jäh der Absturz.
Irgendein Idiot hat mir seinen Popcorneimer in den Bauch gerammt.
Da bin ich wieder.
Gelandet.
Unter meinen Füßen weißgelb die knirschenden Krümelberge. Ich muß weiter. Ich steh allen im Weg! Die Polster sind weich. Ich lasse mich fallen. Tiefer, immer tiefer versinke ich in der Dunkelheit.
Auf der Leinwand Karibikwetter, klirrende Gläser, schlanke Menschen, braune Haut, zwischen Daumen und Zeigefinger der Duft der großen, weiten Welt,

meilenweit sind einige dafür gegangen, westwärts die meisten... Moritz starrt auf die Welt, aus der die Träume sind, und knabbert an seinem Daumennagel. Vielleicht hätte ich ihm eine Tüte Gummibärchen kaufen sollen...
Ich wage eine leichte Drehung. Da sitzt Franziska. So kenne ich sie. Interessiert, konzentriert, sechs lange Schulstunden lang. Ich taste nach der unsichtbaren Mauer. Sie ist verschwunden.
Als hätte sie meinen Blick durch die Dunkelheit hindurch gespürt, schaut sie mich an, lächelt und sagt: »Auf was die Menschen so reinfallen!«
Mehr sagt sie nicht. Und der Kuß? Die natürlichste Begrüßung der Welt! In dieser Stadt. Was sonst?
Mein Kopf glüht, mein Herz rast, in meinem Bauch ist ein so seltsames Ziehen, wie ein Schmerz! Was ist mit mir? Die Freude über den Fall der Mauer? Nein! Es ist mehr! Ich wage es nicht zu denken... Und doch fühle ich es! Überall! Dieses Feuer... Mein Gott! Jetzt bin ich übergeschnappt! Wie kann ich mich retten? Weit und breit nichts, woran ich mich festhalten könnte. Doch! Es wäre ganz einfach. Ihre Hand, sie liegt da, auf ihrem Knie, fast neben meinem Knie, ich könnte sie nehmen und festhalten und nicht wieder loslassen... Ich schließe die Augen und träume, treibe wie ein bunter Holzkreisel irgendwohin, angedreht von magischer Hand... Das Knistern der Bonbontüten ist weit, das Lachen von Moritz ein wenig näher. Der Film ist zu Ende, ohne daß er für mich begonnen hat. Ob ich gehen kann, stehen kann... Dieses Feuer, es ist dabei, mich ganz und

gar zu verbrennen! Da spüre ich warme Haut in meiner Hand.
Moritz hält mich fest. »Toll, der Film, wahnsinnig toll! Wie fandest du ihn?«
»Na ja! Hauptsache, er hat dir gefallen!«
Wovon handelte dieser Film? Ich werde es irgendwo nachlesen müssen!

**N**ovemberluft. Kalt und feucht. Sie kriecht bis unter die Haut. Doch das Feuer löscht sie nicht. Wir sitzen in der U-Bahn. Moritz redet auf uns ein. Er kann nicht begreifen, warum wir seine Begeisterung nicht teilen.
»Banal und rührselig!« sagt Franziska. Mit diesem Kommentar öffnet sie die Haustür.
Sie meint den Film. Klar! Aber sie könnte genausogut auch mich meinen, wenn sie wüßte, wie mir ist.
»Oder?« Franziska schaut mich an, ziemlich lange. Nur die Brillengläser trennen uns. Schön ist es mit ihr... Ich wage es nicht, mit ihr zu reden. Noch sind wir vorsichtig miteinander. Das alte Mißtrauen lauert in einer winzigen Ecke ihrer Pupille. Franziska braucht Zeit. Ja! Und die Raubrittertochter kann warten. Ihre Freundschaft ist zum Greifen nah und doch unendlich fern.
Der Dornröschenschlaf – gäbe es ihn –, er würde mich retten. Versinken und wach geküßt werden – nach hundert Jahren – von ihr! Fieber, das kein Fieber ist! Ich weiß.
Noch nicht mal erhöhte Temperatur. Was soll ich tun? Dieser Gedanke an den Kuß, der mich erlösen

könnte... Bin ich das? Gut, daß es den alten Sessel mit den spitzen Sprungfedern gibt. Er holt mich ein Stück in die Wirklichkeit zurück. Was hat sie bloß mit mir gemacht? Ich beginne zu ahnen, was es ist. So muß die Geschichte mit dem Pfeil funktionieren. Amor hat mich auserwählt. Getroffen. Mitten ins Herz. Ich seufze tief. Einmal, zweimal... Es tut mir gut. Seit Tausenden von Jahren schlägt er zu, überall auf der Welt.
»Was stöhnst du?« Moritz hat ein Spiel unter dem Arm.
»Ich denke gerade darüber nach, wie es wäre, wenn es Amor nicht geben würde!«
»Das wäre echt übel! Dann könnte ich nämlich morgen nicht spielen und würde kein Geld verdienen. Und das brauch ich dringend, weil ich jetzt auf ein Pferd spar!«
Noch ein abgrundtiefer Seufzer! Ach, er tut mir wirklich gut, dieser kleine Bruder da!
Er legt das Spielfeld auf den Boden. Dazu einen roten Sack mit kleinen Pappkarten und einen Haufen Plastikgeld in Schwarz, Rot und Blau.
»Mein Lieblingsspiel zur Zeit! Magst du?« Ohne meine Antwort abzuwarten, breitet er alles aus.
»Franziska will vorläufig keinen in der Küche sehen. Wir haben also Zeit!«
Wir sitzen auf den alten Holzdielen. Der Kontakt zum Boden gibt mir ein Stück meiner Sicherheit wieder.
Vor mir auf blauem Grund unzählige Stühle vor runden Tischen, auf denen die Flaggen dieser Welt gemalt sind. Moritz lädt mich ein ins »Café International«.

»Taktik und Glück« steht auf dem Karton. Aber für Taktik braucht man Hirn, und das ist heute nicht angesagt. Und mit dem Glück ist das so eine Sache. Es ging mir nicht schlecht, aber Glück? Das ist wohl doch was anderes. Und doch, daß ich hier sitze ...
Wir sind allein. Es fällt mir erst jetzt auf ...
»Wo ist der Rest deiner Familie?«
»Auf der Datsche. So heißen bei uns die Wochenendhäuser. Wir haben eine in der Mark Brandenburg. Mitten im Wald. Ganz schön. Kannst ja mitfahren, nächstes Mal!«
Er setzt zwei spanische Paare an einen Tisch und kassiert einige Plastikscheiben. Dann bin ich dran.
Mit Spielregeln hab ich meine Probleme. Als Kind war das schon so. Da hab ich am liebsten zugeguckt. Aber Moritz läßt mich nicht einfach nur zugucken. Ich soll mein Franzosenpaar irgendwohin setzen. Darauf besteht er. Bloß, bei meinen Wahrnehmungsstörungen ... wo ist die blauweißrote Flagge?
»Du bist ja völlig daneben, Johanna! Was ist los mit dir?«
Moritz durchbohrt mich mit einem Blick, den ich nicht lange aushalte. Ich muß dichtmachen. Wo hab ich bloß mein cooles Lächeln? Es ist noch da! Und es paßt noch, ha! Auch als sich die Tür öffnet und Franziska uns mit bemehlter Schürze zum Essen einlädt, rutscht es nicht weg.
Von Gottheiten laß ich mich nicht unterkriegen! Jedenfalls nicht von solchen, die hinterhältig Pfeile losschicken, ohne mich vorher zu fragen, ob ich mich treffen lassen will. Ich bin gelandet – wackelig auf mei-

nem rotlackierten Lieblingsstuhl in der Küche. Eingehüllt in den Wahnsinnsduft meiner Lieblingspizza: Spinat mit ganz viel Knoblauch!
Mir geht es gut! Was will ich mehr?
Ein bißchen schwindelig bin ich noch, aber damit kann ich leben.
»Rotwein?«
Na ja, eigentlich will ich klar bleiben ... aber ein halbes Glas wird mir nicht gleich den Boden unter den Füßen wegreißen, oder?
Um elf springt Moritz auf.
»Verdammt, so spät? Ich muß ja fit sein morgen. Hab ja schließlich die Hauptrolle!«
Er zwinkert uns zu. Und verschwindet. Wirklich – für den ganzen Rest des Abends.
Wir sind allein. Mit Kerzenschein und Mond. In der Rotweinflasche nur noch ein Rest. Ich habe nur ein halbes Glas getrunken ... Es ist schön, einfach so dazusitzen und sie anzuschauen. Schön, aber auch gefährlich. Ich will sie auspusten, diese Flamme, die schon wieder angefangen hat zu flackern, aber es gelingt mir nicht.
Das Referat! Genau! Energien in den Kopf! Vielleicht ist das die Rettung?
Ich hole den Schnellhefter aus meinem Rucksack und lege ihn neben Franziskas Pizzateller. Sechs ordentlich getippte Seiten, von Frau Wurzenberger, Papas Sekretärin. Hätte ich besser selber machen sollen, ich weiß. Nächstes Mal bestimmt!
»Bringen wir's hinter uns, ja?«
Franziskas Blick kommt aus der Ferne. Sie leert ihr

Rotweinglas und nimmt die Brille ab. Die Versuchung ist groß – mich in diese Augen fallenzulassen.
Meine Rettung: der Lichtschalter neben der Tür. Für die Neonröhre, riesig und grell. Keine Chance mehr für Mond und Kerzenschein!
Franziska setzt die Brille wieder auf. Sezierblick, ernsthaft!
»Wenn du unbedingt willst!«
Sie tippt an ihr Rotweinglas.
»Christa Wolf durch diese Nebelwand, das paßt nicht so ganz!«
Und mit einem seltsamen hellen Blau in ihren Augen sagt sie:
»Zu mir paßt sie auch nicht, die Nebelwand. Ich hab's gerne klar und durchschaubar, alles im Griff, den großen Überblick. Kannst du dir vielleicht denken.«
Das sagt sie ganz ruhig, während sie meinen Blick sucht und mir ein winziges Lächeln aus ihren Mundwinkeln schickt. Ich muß weggucken ...
»Ich mag ihre Aufrichtigkeit, wenn du weißt, was ich meine. Mir kommt es so vor, als bliebe sie sich selber treu, sich, ihren Idealen, ihrem Bemühen, immer wieder neu zu sein, neu zu sehen. Ohne Stillstand. Das gefällt mir. Dieses Miteinander von Kopf und Herz, dieses Ringen um den ganzen Menschen mit all seinen Abgründen und Möglichkeiten. Wenn mehr Menschen so leben würden, immer wieder suchend, fragend, sähe die Welt vielleicht anders aus!«
Franziska schweigt. Ich versuche, mir ein Bild zu machen von dieser Frau, aber dazu muß ich wohl noch ein paar Bücher von ihr lesen.

»Für mich ist sie glaubwürdig. Trotz der Stasi-Kontakte, die man auch ihr vorgeworfen hat. Ihre Bücher haben mir was zu sagen. Das reicht mir.«
Ich lausche in das Schweigen. Stundenlang könnte ich ihr zuhören ... In mir ist eine ruhige Freude: Sie hat mich ganz schön tief hineinschauen lassen!
Ich reiße mich los, stelle mich. Franziska blättert in meinen Papieren.
»Am besten, du fängst an, am Montag. Mit der Biographie und dem Inhalt des Buches. Ich habe die Dokumentation zu unserem Titel durchgearbeitet und versucht, mich mit der These von eurem Literaturpapst auseinanderzusetzen. Rhetorisch total genial, dieser Typ! Wie er mit ein paar Sätzen, eingehüllt in süffisantes Lächeln, grimmigen Blicken, ganze Bücher zerfetzt – die armen Autoren, denk ich manchmal, wie die das wohl aushalten! Aber ich mag ihn irgendwie!«
Franziska steht auf.
»Ich hol mal meine Unterlagen.«
Nie gehört von dem Mann. Literaturpapst? Mir fällt momentan noch nicht mal ein, wie der richtige Papst heißt, der da in Rom. Franziska schwenkt eine rote Mappe.
»Es sind leider zwanzig Seiten geworden. Also, er hat ja einfach behauptet, Christa T. stirbt an Leukämie, aber sie leidet an der DDR. Ich habe für mich versucht herauszufinden, ob es stimmt.«
Sie reicht mir ihre Mappe.
»Willst du das jetzt noch lesen?«
Ja, natürlich. Die Nacht fängt ja gerade erst an ...
Ich nicke.

»Dann laß ich dich jetzt in Ruhe. Ich geh schlafen. Findest du dich hier zurecht?«
Der Lichtschalter, ja, das Bad auch ... »Welches Bett?«
»Die untere Etage!«
Sie steht schon in der Tür, dann doch zwei Schritte zurück, zu mir, Kuß auf den Mund, nein, ich träume nicht ...
»Gute Nacht, Johanna!« sagt sie. »Schön, daß du da bist!«
Dann sitze ich allein in der Küche im grellen Licht der Neonröhre. Und die Nacht umhüllt mich mit Kälte und Müdigkeit. Nein, nicht aufgeben jetzt. Nachdenken. Zu-sich-selbst-Kommen.
Ich trinke ein Glas Wasser und lese mich fest, bis mir die alte Standuhr aus dem Berliner Zimmer einen einsamen Ton schickt. Ich schlage die Mappe zu. Meine Hände sind steif vor Kälte. Aber ich habe endlich eine Ahnung davon bekommen, worum es geht, eine Ahnung von dem, was wichtig ist im Leben, was Christa T. wichtig war und Christa Wolf.
Stirbt sie nun an Leukämie oder an der DDR?
Für Franziska ist es die Krankheit. Keine Chance für Christa T.! Auch in einem anderen Land nicht. Ihr Grauen: die neue Welt der Phantasiemenschen. Der Tatsachenmenschen. Franziskas Grauen auch: jetzt und hier noch mehr, in diesem neuen Deutschland!
»Man selbst. Ganz stark man selbst zu werden.« Das ist überall schwer. In jedem Land der Erde. Oder? Und Christa Wolf hat diesen Kampf gerade für ihr Land gekämpft. Nicht dagegen. Doch diese inneren

Kämpfe, die sollten es nicht sein. Zu wenig parteilich, zu wenig positiv, nicht beispielhaft genug für die sozialistische Gesellschaft! Ihr Ringen um die Veröffentlichung – ja, mit einem späten Sieg!
Ich taste mich durch die Dunkelheit. Finde mein Bett. Lausche in die Stille dieser Nacht. Aber ich höre sie nicht, ihre Atemzüge. Spüre nur die Kälte an meinen Füßen. Jetzt ihre warmen Hände ...
Im Bad finde ich eine Wärmflasche.

**W**as man in der ersten Nacht in einem fremden Bett träumt, das geht in Erfüllung! Ja, da war etwas! Etwas Wichtiges! Aber meine Hände greifen ins Nichts. Der Traum ist auf und davon. Nicht eine Ahnung läßt er mir zurück. Ich trenne mich nur ungern von der Dunkelheit, verlasse den Schutz der Nacht.
Moritz hat das Licht reingelassen.
»Frühstück ist fertig!«
Der 9. November hat angefangen! Mit frischen Brötchen, Fünfminutenei und der Tageszeitung.
»Konntest du was mit dem Referat anfangen?«
Wo soll ich die Suche nach dem eigenen Standpunkt beginnen? Eine Ahnung hab ich, das schon. Aber vierzig Jahre DDR, das ist eine verdammt lange Zeit.
»Schwierig!«
Franziska lehnt sich zurück, schaut in mein unentschlossenes Gesicht. Schön sieht sie aus. In ihrem alten karierten Hemd, den zerfetzten Jeans. Immer noch!
Dann dreht sie sich plötzlich weg. Das Gesicht leicht gerötet. Ob sie gemerkt hat, wie tief ich mich gerade

fallengelassen habe? Einige Sekunden lang zerbröckelt sie Eierschalen zwischen Daumen und Zeigefinger. Dann taucht sie wieder auf, als wäre nichts gewesen.
»Ich sitze zwischen den Stühlen. Das ist mein Platz im Augenblick. Moritz hat es leichter. Er schleppt weniger alte Vergangenheit mit sich herum. Er verliert nicht soviel Heimat!«
»Genau! Ich find's viel besser jetzt! Stell dir vor, es gäbe die DDR noch, dann hätte ich Johanna nie kennengelernt!«
Keine Rücksicht mehr auf unsichtbare Mauern. Einfach weitergehen, geradeaus! »Und wie war sie, deine Heimat?«
»Schwer zu sagen. Nichts Konkretes. Eher so ein Gefühl.«
Sie schweigt. War das alles? Die zerriebenen Eierschalen zwischen Daumen und Zeigefinger...
»Heimat, das ist der Ort, an dem du angekommen bist. Das Gefühl, daß nichts dich wirklich bedrohen kann. Ja, dieses sichere Gefühl von Geborgenheit hatte ich. Alles war überschaubar, geregelt. Jeder hatte eine Arbeit. Männer wie Frauen. Krippe, Kindergarten, Hort, Pionierlager – der gleiche Weg für alle. Eine große Familie, in der es keine großen Unterschiede gab. Das war beruhigend. Das Angebot bescheidener, aber ausreichend. Keine Sozialhilfeempfänger, keine Obdachlosen. Und jetzt? Dieses verdammte Überangebot, dieser Luxus: Das ist das Ende der Menschheit!«
»Du spinnst doch, Franziska!« Moritz ist aufgesprungen. »Wer ißt denn jetzt die meisten Bananen und

Mandarinen? Du nämlich! Und die Pionierlager, die fand ich sowieso doof. Bei Johanna auf dem Hof, da war es tausendmal besser!«

»Ich sag ja nicht, daß mir nicht auch was gefehlt hätte. Aber das Gefühl von Heimat war trotzdem da, auch wenn mich die Enge manchmal erdrückt hat. Ich habe mir mehr Farben gewünscht. Mehr Herausforderung. Ja, da war vieles, wonach ich mich gesehnt habe, wenn ich es zulassen konnte.«

Jetzt ist sie weit weg. Nicht mehr bei mir. Aus dem Fenster geflogen. Ihren Träumen entgegen? Doch einen Moment nur, dann hat sie ihn schon wieder, ihren skeptischen Blick ...

»Und was ist übriggeblieben? Verseuchte Erde, bröckelnde Fassaden, defekte Leitungen, kilometerlange Stasiakten, unzufriedene Menschen. Vor ihren verklärten Augen der Luxus dieser Welt. Alles absolut überflüssiges Zeug!«

»So ist sie, Johanna! Maßlos!« Moritz ist empört. »Sie übertreibt mal wieder. Dabei geht es uns jetzt tausendmal besser als früher. Wir haben ein japanisches Auto, nicht mehr den klapprigen, stinkenden Trabbi. Ich habe Turnschuhe von Nike, mit denen bin ich zehnmal so schnell ... Ist das etwa nichts?«

Franziska streicht eine rote Strähne aus ihrem Gesicht. Sie droht Moritz mit Falten auf der Stirn und zusammengepreßten Lippen. Dieser Blick! Wie gut ich ihn kenne! Und wie oft hat er mich gemeint, wie habe ich ihn gefürchtet! Das ist vorbei! Auch wenn er mich mal wieder treffen sollte ...

»Und die Arbeit deines Vaters, Moritz?«

»Du nervst echt, Franzi! Laß uns jetzt lieber gehen!«
Franziska schaut mich an.
»Er ist Musiker. Violine. Seine Stelle wurde gestrichen. Das Ensemble von sechzig auf fünfundvierzig reduziert. Einfach so. Und ihn hat es getroffen!«
»Aber es geht uns trotzdem besser als früher. Er hat eine Menge Privatschüler. Und irgendwann findet er eine neue Stelle. Wenn man etwas wirklich will, dann klappt das auch. Das ist doch einer deiner Lieblingssätze!«
Der Himmel ist blau. Die Luft frisch. Und die Sonnenstrahlen haben die Novemberkälte aufgesaugt. Wir gehen durch die Friedrichstraße, die »Straße unter den Linden« entlang, direkt auf das Brandenburger Tor zu.
»Da kann man jetzt so einfach durchspazieren! Wahnsinn! Oder?«
Ja, ein Tor zur Welt! Aber eben nicht nur zum Paradies! Ich kann begreifen, worum es Franziska geht. Daß hier eine Mauer gestanden hat? Mit Todesstreifen, Wachtürmen, Tretminen, den Tod immer nah dabei?
Wären die Händler nicht, die immer noch Mauerreste verkaufen, wären die Informationsstände nicht, die Musikgruppen, die Imbißbuden – Erinnerung an den 9. November, Jahrestag, Öffnung der Mauer... – nichts würde daran erinnern, daß sich durch diese Stadt eine Mauer gezogen hat. Ich durchwühle die Kisten mit den Mauerresten. Für zehn Mark gibt es besonders bunte. Das Stück mit den rot-grünen Streifen muß ich haben! Ich ziehe mein Portemonnaie aus der

Hosentasche. Da legt Franziska ihre Hand auf meine Hand.
»Alles Schwindel! Die können gar nicht echt sein, nach so vielen Jahren. Ich hab noch ein Stück zu Hause. Eigenhändig rausgehackt. Das kannst du haben!«
Ihre Hand auf meiner Hand. Immer noch. Warm und weich. Es geht wieder los. Dieses Gefühl, das einfach auftaucht, ohne daß ich es gerufen habe. Und es läßt mich verändert zurück, allein und verwirrt, mit einer Sehnsucht, die mir angst macht...
»Ich hab dir's ja gesagt, Jojo! Jetzt schenkt sie dir ihr allerletztes Mauerstück. So ist sie eben auch!«
»Das allerletzte möchte ich nicht, Franziska!«
»Aber ich will es dir schenken!« Das sagt sie ganz ruhig. Dabei schaut sie mich an. Der Blick länger als sonst. Sie umschließt meine Hand. Ich habe aufgehört zu atmen. Die Zeit hat angehalten, dieser Moment, für die Ewigkeit!
»Mir reicht das Foto, das ich von dem Bild gemacht habe, aus dem ich den Stein herausklopfen konnte. Ein Kinderbild, heile Welt, lachende Menschen, bunte Blumen, grüne Bäume. Ich habe einen kleinen gelben Stern erwischt. Auf einer blauen Wolke!«
Franziska hält immer noch meine Hand. Leicht umschlossen. Ich wage es nicht, sie zu bewegen.
Da: der Blick von Moritz! Er grinst, hält sich die Hand vor den Mund, kichert und sagt:
»Wie ein Liebespaar!«
Die Hand ist fort, als wär sie nie gewesen, und doch kann ich ihre Wärme noch spüren.

Franziska kämmt sich mit den Fingern durch die Haare, einmal, zweimal, ihr Gesicht ist gerötet, sie schaut auf den Boden.
Moritz kichert immer noch.
»Gibt es das auch? Zwei Mädchen ein Liebespaar?«
Kein Spalt in der Erde, der mich verschwinden läßt!
»Sag doch, Franzi, gibt es das?«
Franziska wirft ihre Haare zurück, richtet sich auf, den Blick nach vorn.
»Natürlich gibt es das. Nicht so oft, aber doch hin und wieder!«
»Und ihr?«
»Nein, wir doch nicht! Nicht alle, die sich an den Händen halten, sind gleich ein Liebespaar! Oder, wie siehst du das?«
Dieses Oder ist für mich bestimmt! Aus dem Blau ihrer Augen – keine Richtung.
Ich schweige.
Was mach ich mit dem Oder? Ich schüttle den Kopf mit coolem Lächeln. Tief in mir Wut und Trauer. Eine verpaßte Chance ...
Moritz hat längst das Interesse an seinem Liebespaar verloren. Irgendwo hat er einen Stock gefunden, den schleift er über den Boden, den ganzen Weg bis zum Reichstag. Wir folgen ihm schweigend. Dann stehen wir vor dieser Festung, dick und trutzig, mit der Inschrift »Dem deutschen Volke«. Erst am »Friedhof für Maueropfer« bleibe ich stehen. Vor der Mahnwache.
»Wie habt ihr gelebt, früher?« frage ich.
Franziska zeigt auf die Kreuze, die Blumen und Lichter.

»Meinst du politisch?«
Ich nicke.
»Die Eltern meiner Mutter waren echte SED-Funktionäre. Die Partei hatte immer recht! Für sie ist jetzt eine Welt zusammengebrochen. Für die Eltern meines Vaters ist die Kirche immer wichtiger gewesen als der Staat. Mein Großvater war Pastor. Und meine Eltern...«
Franziska macht eine Pause.
»Die haben sich so ziemlich aus allem rausgehalten. Klar gab's auch Kritik, das schon, aber zu den echten Oppositionellen, die wirklich was riskiert haben, dazu gehörten sie nicht. Aber in der Partei sind sie auch nicht gewesen. Ihre Weste ist weiß. Stasi-Spitzel waren sie auch nicht.«
»Und warum gehst du im Westen zur Schule?«
»Wegen Kunst und Musik. Meine Eltern meinen, an unseren alten Schulen läuft da zuwenig.«
Wir gehen am Reichstagsufer entlang. Das Wasser der Spree ist grau.
Moritz überquert schon die Weidendammer Brücke, schleift seinen Stock den Schiffbauer Damm entlang bis zur Charité. Dort setzt er sich auf eine Mauer.
»Hier arbeitet meine Mutter!« sagt er zu mir. »Sie ist Krankenschwester! Was macht deine Mutter?«
»So genau weiß ich das nicht. Irgendwas im Büro meines Vaters.« Meine Stimme ist leise. Ich fürchte immer noch Franziskas Kommentare, wenn es um meine Eltern geht. Aber sie bleiben aus.
Am Nachmittag quält Moritz uns mit seinem Café-Spiel. Mir will es nicht gelingen, irgendein pas-

sendes Paar an einen Tisch zu setzen. Obwohl sie wirklich alle so verschieden aussehen, für Halbblinde noch erkennbar, die Klischees der Nationen. Die Inderin mit rotem Punkt auf der Stirn, der Franzose mit Baskenmütze und Zigarette, der Engländer mit Bowler und Pfeife, der Afrikaner mit wulstigen Lippen, der Deutsche mit Sepplhut... Dieser Schwachsinn sollte verboten werden. Echt!
Vor meinen Augen verschwimmen Farben und Formen.
Franziska ist konzentriert wie in der Schule. Sie gewinnt jedes Spiel. Moritz ist sauer, weil ich so daneben bin und keine Punkte zusammenkriege. Ich soll mich auf die Spielkarten konzentrieren. Ja, ich weiß, aber ich habe nur Augen für ihre Hände! Total schöne Hände, schmal und sehr beweglich, noch nie habe ich sie wahrgenommen... Mit den Fingerkuppen von Daumen und Zeigefinger halten sie im Augenblick ganz leicht eine schrille blonde Amerikanerin mit pinkfarbener Schmetterlingsbrille, grünem Ohrring, grüner Perlenkette, den geschminkten Mund weit aufgerissen.
Hände ohne Schmuck. Die meisten in der Klasse fangen bei sechs Ringen an. Ich habe heute beim zwölften aufgehört. Ihre Hände brauchen wirklich keinen Schmuck!
»Bringt ihr mich jetzt zur Oper? Ich komme sonst zu spät!«
Hinaus in die Dunkelheit. In die graue Novemberkälte. In die U-Bahn. Es hat angefangen zu regnen. Ihre Hände sind verschwunden. In den tiefen Taschen ihres Anoraks.

Wir haben Moritz abgeliefert, sind naß geworden, ausgekühlt, haben heißen Tee getrunken, dann zurück in die »Komische Oper«.
Ich lasse mich in die roten Polster fallen und genieße die Wärme. Über unseren Köpfen Riesenleuchter mit glitzernden Kristallen. An den Wänden Engel und Götter, umrankt mit Blättern aus Gold.
Wir sitzen in der zweiten Reihe, die nassen Füße auf dem roten Teppichboden.
Franziska hat ihre zerfetzten Leinenschuhe immer noch nicht ausgetauscht. Inzwischen glaube ich, selbst Eis und Schnee werden daran nichts ändern. Um uns herum gepflegte Wochenendmenschen. Anzüge, Krawatten, Kleider, die nur für die Oper ausgeführt werden, lang, tief ausgeschnitten, aus anderer Welt, aus anderer Zeit, und doch passen sie hierher. Die Haare vom Friseur gezähmt. Franziska wirft ihre roten Strähnen zurück, schmettert die kritisch musternden Blicke der Nachbarschaft ab, ruhig und selbstbewußt mit leichtem Lächeln auf den Lippen. Bei mir sieht man die Anfänge von Verwahrlosung auch schon. Das sind jedenfalls die neuen Kommentare meiner Mutter, wenn sie mal wieder am Frühstückstisch auftaucht. Sie hat Mühe, ihr Lächeln durchzuhalten, wenn sie mit mir spricht. Und bloß, weil ich meine Schuhe nicht mehr putze (auch nicht putzen lasse!) und die Jeans nicht alle zwei Tage in die Waschmaschine werfe. Ich bin echt gespannt, was passiert, wenn ich mich erst in den Trödelladen traue . . .
Ob sie mir dann die Wohnung verbietet? Nein, dieser Gedanke schreckt mich nicht!

Franziska hat mich vorgewarnt. Eine typische Harry-Kupfer-Inszenierung mit dem Bühnenbild von Hans Schavernoch. Ganz modern. Eine Diskrepanz zwischen Stoff, Gestaltung und Musik. Ich würde mich wundern. Eher würde Franziska sich wundern, wenn sie wüßte, daß ich noch nie in einer Oper war ...
Jetzt wird es dunkel, richtig schön dunkel. Und ganz still. Nur noch leichtes Räuspern und Husten, hier und da.
Orpheus betritt die Bühne. In weißen Jeans mit T-Shirt, grauer Lederjacke, mit Gitarre unter dem Arm und einer Rose in der Hand. Ein Sänger von heute. Die Bühne ist ohne Requisiten. An den Bühnenwänden Bilder, überdimensionale Dias, die sich drehen und spiegeln. Mir wird fast schwindelig. Und Eurydike – sie stirbt nicht durch einen Schlangenbiß, nein sie wird Opfer eines Verkehrsunfalls. Dieser Tod ist heute üblicher. Die Dias schonen uns nicht. Der Tod auf der Straße ist grausam. Mir ist das fast zuviel. Ich schließe die Augen und lehne mich zurück. Da fahren sie schon ab – die Violinen. Sie reißen mich mit. In wilde Strudel, werfen mich an flache Ufer, auf Blumenwiesen. Nein, keine Zeit zum Verweilen, zurück in tiefe Fluten, dann wieder Schaukeln auf Wellen in warmem Wind. Donnernde Paukenschläge. Stille. Bis es weitergeht ... Unter meiner Haut spielen sie noch – die Violinen und Flöten. Ruhelos vibrieren die Töne, schneller, lauter, lassen einen Schmerz zurück, tief in mir. Einen Schmerz, der mich zu zerreißen droht ...
Nein, wird er nicht, natürlich nicht, das weiß ich selbst. Doch auch das Fieber ist wieder da, hat mir den

Kopf abgeschaltet, dem Körper die Kraft entzogen. Ja, ich weiß, was es ist! Ohne auf die Bühne zu schauen, wo er gleich auftreten wird, mit oder ohne Pfeil. Ich weiß es genau! Ja, es ist so! Ich habe mich verliebt! Und es gibt kein Zurück mehr! In sie, rechts neben mir, fast Knie an Knie. Franziska! Flöten und Violinen verschwinden. Ruhe und Wärme ziehen ein. Ein Gefühl – wie nie zuvor!
Der Chor setzt ein, leise, sanft, von Sehnen und Seufzern singt er. Dann betritt Orpheus die Bühne, allein in seinem Unglück, mit seiner Qual, seinen Klagen. Ich muß aufpassen, daß mir dieses Gefühl von Ruhe und Wärme nicht abhanden kommt bei all dem Elend ... Doch das Glück kommt gerade jetzt leichtfüßig daher. Amor! Als Moritz kaum zu erkennen, aber er ist es! Die wilden Locken zurückgekämmt. In Bermudas und Sandalen. Einen Kassettenrecorder in der Hand, einen Ball unter dem Arm. Er stakst ein wenig unbeholfen über die Bühne. Ernsthaft, etwas schüchtern. Diesen Moritz kenne ich noch nicht. Jetzt läßt er singen. Eine Frau aus dem Chor - erste Reihe, zweite von links – erklärt dem klagenden Orpheus gerade die wichtige Bedingung, damit er seine Eurydike wiederbekommen kann.
Ich überlasse die Bühne den anderen. Schließe die Augen. Was soll ich tun? Amors Worte als Botschaft für mich? Dabei klingen sie echt schwachsinnig, kitschig und weltentrückt, eben zweihundert Jahre alt.

>»Der Augen Verlangen,
des Herzens Bangen,

halt standhaft du zurück!
Nur kurz ist die Prüfung,
dann lacht dir das Glück!«

Wenn ich das übersetze, heißt das wohl, Gefühle erst mal abstellen, Johanna, abwarten, deine Zeit ist noch nicht gekommen! Doch worauf soll ich warten? Diese Oper bis zum Schluß durchhalten? Zwei bis drei Stunden lang auf neue Botschaften achten? Nein! Ich kann nicht zugucken, wie das Feuer mich langsam aber sicher verbrennt! Sterben kann ich später noch. Jetzt nicht! Ich wage einen Blick nach rechts. Kaum zwei Zentimeter trennen meine geerbten braunen Lederschuhe von den Resten ihrer Leinenschuhe. Noch zwei Wochen, allerhöchstens, dann fallen sie auseinander. Franziska, wirklich! Durch die Risse ihrer Jeans sehe ich (ahne ich?) nackt ihre Haut. Die Hände, schlank und schön, auf ihren Oberschenkeln, sie sitzt gerade, nicht so verdreht wie der junge Mann links neben mir mit dreimal verknoteten Beinen. Ich wage mich weiter vor, wandere die rotschwarzen Karos entlang, hoch bis zum Hals, nein, heute begegne ich keinem Rattenschwanz. Franziska hat Sokrates eine Ausgehpause verordnet. Erkältungsgefahr. Und jetzt ihr Gesicht ... Wie gut ich es kenne! Viel besser als mein eigenes. Wie viele Stunden habe ich damit verbracht, sie anzuschauen? Seit September ... Das kann nur noch ein Taschenrechner zusammenzählen! *Mein* Gesicht war mir mein gesamtes Leben lang nicht so viele Stunden wert! Sie schaut nach vorn, auf die Bühne, wie alle Leute hier. Hab ich was anderes erwartet?

Herzklopfen. Ein schönes Gefühl! Gleichmäßig und stark. Fordernd?
Was soll ich tun?
Warum kann sie zur Abwechslung nicht mal zu mir rübergucken?
Die magische Kraft meines Blickes reicht einfach nicht aus, sie zu bewegen. Ich gebe auf. Dieser Weg ist blockiert. Also doch standhaft Amors Botschaft befolgen?
Ich überlege noch, die Bremsen griffbereit in den Händen ... da macht sich mein rechter Fuß selbständig. Einen Zentimeter, zwei Zentimeter weitergerückt Richtung Leinenschuh ...
Leder an Leinen,
nah, ganz nah,
näher geht es nicht,
Lederschuh bittet, fleht, drängt ...
Leinenschuh verschwunden,
Beine übereinander, weit, weit weg ...
ein Griff in die Bremsen,
aus, vorbei!
Ich lasse die Augen geschlossen und baue meine Burg. Aus dicken Steinen. Warum habe ich mich bloß so weit vorgewagt?
Die nächsten Stunden peinige ich mich mit Selbstvorwürfen hinter meiner dicken Mauer. Die Augen geschlossen. Die Ohren verstopft.
Viel zu schnell wird es hell. Beifall. Ohne Ende, stehend.
*Standing ovation* nennt man das. Und das gibt's nur auf den großen Bühnen dieser Welt. Blumen landen

in den Armen von Orpheus und Eurydike. Ich hätte an Gummibärchen denken können – für Moritz. Auch Franziska ist aufgesprungen. »Bravo!« ruft sie. Lauter als alle anderen.
Jetzt dreht sie sich zu mir. Wie begegne ich ihr?
»Sag bloß, du bist eingeschlafen, Johanna?«
»Nein, ich habe nur nachgedacht!«
»An dieser Musik kommt doch keiner vorbei, oder?«
»Nein, wirklich nicht!«
»Hast du Moritz wiedererkannt?«
Ich weiche ihrem Blick aus, schaue hierhin, dorthin, doch sie läßt mich nicht entkommen, sucht meine Augen, folgt, hierhin, dorthin. Dann faßt sie meine Hand.
»Was ist los?«
»Nur müde, weiter nichts!«
»Bist du sicher?«
»Ja, wirklich! Zu viele Eindrücke. Die Musik, das Bühnenbild. Soviel kulturelle Herausforderung bin ich nicht gewöhnt!«
Franziska hat meine Hand immer noch nicht losgelassen ...
»Wir können noch mal reingehen, wenn du willst. Für mich das sechste Mal dann, aber ich finde diese Inszenierung immer noch spannend genug. Ich entdecke jedesmal was Neues. Und von der Musik kann ich sowieso nicht genug kriegen!«
Wir stehen im Foyer. Franziska putzt sich die Nase. Um endlich meine Hand loszuwerden?
Moritz wartet schon. Seine Augen strahlen. »Na?« sagt er.

Ich hole mich aus meiner Verstummung. Suche ein paar Worte zusammen. Ihm zuliebe.
»Daß du dich das traust, Moritz!«
»Na ja!« sagt er. »So cool wie ich ausseh, fühl ich mich nicht gerade, wenn ich da oben steh. Ich hab immer Angst, daß mir der Ball beim Ticken wegrollt. Das ist mir gleich in der ersten Vorstellung passiert. Der ersten Violine voll auf den Kopf. Einem Mann mit Glatze. Der fand das überhaupt nicht lustig!«
Wir hören das Telefon schon im Flur.
»Wer ruft denn so spät noch an?« sagt Moritz und greift zum Hörer. Franziska und ich sind schon in der Küche. Auf dem Weg zum heißen Tee. Da kommt Moritz hinterher.
»Für dich, Johanna! Dein Vater!«
Ich ahne nichts Gutes.
»Johanna!« sagt er. Irgendwie komisch.
Dann eine lange Pause.
»Oma ist tot! Soll ich dich abholen? Ich fahre morgen mittag los!«
Ich lehne am Kachelofen. Der ist warm. Und meine Mauern schützen mich gut. Sie lassen nichts durch. Keine Trauer. Keinen Schmerz. »Nein!« sagt meine Stimme. »Ich komme schon rechtzeitig!«
»Liest du mir was vor?«
Moritz, im Schlafanzug, hält »Die Brüder Löwenherz« in der Hand. Ich lege den Hörer auf die Gabel und folge ihm auf sein Hochbett. Ob ich die aushalte, die Brüder? Immerhin sterben die beiden, und das gleich zweimal, auch wenn sie dann in wunderschönen Tälern weiterleben. Das ist tröstlich, ja. Aber doch

nur für den, der daran glauben kann. Moritz kriecht zwischen seine Kuscheltiere. Mir stopft er den dicken Löwen in den Rücken, damit ich's gemütlich hab. Ich lese, reihe Wort an Wort, Satz an Satz. Und weiß es doch genau: Dieses Buch halte ich nicht aus. Die Mauer – ein Haufen Steine! Aufeinandergeschichtet, ohne festen Halt. Ein Wort noch – und sie wird einstürzen.
Moritz atmet ruhig. Hoffentlich schläft er ein . . .
Er soll es nicht erleben.
Ich bin auf Seite sechs angekommen.
»Wie kann es so etwas Schreckliches geben, daß manche sterben müssen . . .«
Ich klappe das Buch zu. Springe zwei Meter in die Tiefe. Lande unverletzt.
Franziska liegt im Bett und liest. Sie schaut mich an. Fragen im Blick. Ich schweige. Vergrabe mein Gesicht. Das Kissen – kein Trost. Sie soll es nicht sehen. Niemand hat mich je so gesehen. Nur sie! Trotzdem falle ich. Nirgendwo ein Halt. Tiefer, immer tiefer. Endlos. Die Steine entgleiten meinen Händen. Keine Kraft für eine neue Mauer. Kalt ist die Novembernacht. Kalt ist das Zimmer . . .
Dieses Mal rette ich mich nicht selbst. Ich lasse mich retten. Warme Hände auf meinem Rücken. Warmer Atem an meinem Hals. Erst da sage ich: »Meine Oma ist gestorben!« Und suche ihre Hand. Ich weine. Wie früher. Als mich die Arme im Blümchenkleid aufgefangen haben.
Irgendwann wache ich auf! Es ist schon hell draußen. Mein linker Arm ist eingeschlafen. Die Decke ist weg.

Mir ist kalt. Und es ist so eng, daß ich mich nicht rühren kann. Da seh ich sie! Spür ich sie! Franziska liegt neben mir. Ihre Hand in meiner Hand. Immer noch. Die Decke irgendwo auf dem Boden. Sofort wird mir warm. Ich höre fast auf zu atmen. Was passiert, wenn sie aufwacht?
Mein Herz klopft. Hoffentlich nicht zu laut ...
Ich betrachte ihr Gesicht. Ganz entspannt liegt sie da. Mit einem leichten Lächeln. Stundenlang könnte ich sie anschauen ... Da schlägt sie die Augen auf. So nah, so blau waren sie noch nie. Das halte ich nicht aus. Ich will mich wegdrehen – da gibt sie mir einen Kuß – mitten auf den Mund. Ja, einen ganz normalen Kuß. Den Schulbegrüßungskuß. Aber trotzdem – er hat was. Irgendwas ... Jetzt wird sie aufspringen. Das Frühstück vorbereiten oder so. Aber genau das tut sie nicht. Franziska holt die Decke vom Boden, legt sie über uns und rückt näher. Haut an Haut, würde ich sagen, wenn uns nicht der Stoff unserer Schlafanzüge trennen würde. Ihre Hand streicht über meinen Rücken. Ganz leicht.
»Wie geht es dir?« fragt sie.
Diese Stimme kenne ich nicht: Das muß eine andere Franziska sein. Irgendwer hat sie über Nacht verzaubert.
»Gut!« sage ich. So gut wie nie zuvor in meinem Leben, will ich sagen, da spüre ich den Kloß im Hals. Da weiß ich wieder, was passiert ist. Nein, dieses Mal vergrabe ich mein Gesicht nicht im Kissen. Ich vergrabe es an ihrer Schulter, lasse mich trösten vom Streicheln ihrer Hand. Ich weine. Bis keine Tränen mehr da sind.

»Was macht ihr denn da?«
Moritz steht vor uns. Franziska springt auch jetzt nicht auf.
»Wir liegen hier. Einfach so!« sagt sie.
»Na ja!« Moritz runzelt die Stirn. »Ich würde sagen, eher wie ein Liebespaar! Aber das kann mir egal sein. Jedenfalls ist das Frühstück fertig. Ich hab nämlich Hunger! Das war's schon!«
Er geht raus. Doch er kommt sofort zurück.
»Ich würde wirklich lieber mit euch frühstücken als alleine!«
Er grinst.
»Wenn Linda das wüßte! Ihr zwei in ihrem Bett!«
Franziska lächelt mich an. Immer noch ganz entspannt. Sie legt ihre Wange an meine Wange. Gleich fliege ich davon.
»Ich hab's ja gewußt!« sagt Moritz. »Aber jetzt kommt endlich!«

Es ist noch früh, aber trotzdem spät genug, wenn ich rechtzeitig da sein will – elf Uhr. Ich packe meine Sachen. Da hör ich ein Rascheln. Ich schau mich um. Aber ich bin allein im Zimmer. Nein, nicht ganz. Hinter dem Drahtgitter läuft Sokrates hin und her. Ich gehe näher. Diese Ratte hier sieht wirklich freundlich aus... Meine Mutter würde einen hysterischen Anfall kriegen. Sehr viel anders wäre es mir vor Wochen wahrscheinlich auch nicht gegangen. Jetzt steht sie vor mir, guckt mich an, mit diesen Augen, rund wie Stecknadelköpfe. Ja, ich kann es kaum glauben, aber es ist

so: Ich finde sie nett, unbeschreiblich nett sogar. Obwohl sie mir nach wie vor ziemlich fremd ist...
»Soll ich mit dir fahren?« Franziska steht hinter mir.
»Nicht nötig!« sage ich. Und bereue es sofort. Nichts wünsche ich mir so sehr wie ihre Nähe. Meine Hand in ihrer Hand...
Franziska öffnet den Käfig. Sokrates kommt sofort angelaufen, schnuppert an Franziskas Fingern, läuft ihren Arm empor. Gleich hat er den Halsausschnitt erreicht und wird unter ihr Hemd schlüpfen...
»Ekelst du dich sehr?«
Ich schüttle den Kopf und wage es sogar, Sokrates leicht übers Fell zu streichen. Es ist ein schönes Gefühl. Weich und warm, fast so wie Franziskas Haut. Nein, das ist natürlich ein blöder Vergleich!

Schweigend sitzen wir nebeneinander. Mein Vater und ich. Meine Mutter kommt erst am Dienstag nach. Mit dem Flugzeug. Zur Beerdigung. Es war eine Lungenentzündung. Erst als sie schon tot war, haben sie meinen Vater angerufen. Ungefähr zur gleichen Zeit, als ich Franziska meine Gefühle durch ihren Leinenschuh klarmachen wollte... Das Schweigen ist mir recht. Ich lasse mich in meine Erinnerungen fallen, ungestört. Auch wenn sie mich traurig machen.
Abschied für immer. Ich hätte gern ihre Hand gehalten. Statt meinen Schuh auf die Reise zu schicken. Das hätte Zeit gehabt. Amor stakst noch öfter über die Bühne. Ich wäre es ihr schuldig gewesen. Wenigstens das. An ihrer Hand, rauh und warm, konnte mir

nichts passieren. So habe ich Rollschuhfahren gelernt. Schlittschuhlaufen auf dem zugefrorenen Schloßteich. Über uns der blaue Himmel, die klirrende Kälte, die sich langsam durch die Kleidung gefressen hat, dann der warme Kakao ... Ich sehe uns Enten füttern am Burggraben, im Sommer beim Picknick, pflücke Gänseblümchen, höre ihre Lieder, die Märchen am Abend, jahrelang. Haben wir alle Märchen geschafft? Das Pflaster auf meinen Knien mit ihren heilenden Beschwörungsformeln. Der Duft meines Lieblingskuchens, meine Hände voll Mehl, das schöne Durcheinander in der Küche, der Blick meiner Mutter. Ihr Lächeln, ihre zusammengepreßten Lippen, dann hat sie die Tür hinter sich zugemacht.
Woran mein Vater wohl gerade denkt? Hat er ähnliche Erinnerungen? Ich frage ihn nicht. Er dröhnt sich zu mit den »Rolling Stones«. Traurig sieht er nicht aus. Vielleicht denkt er an seine Geschäfte ... Oder tu ich ihm unrecht? Nein, ich habe nichts gegen ihn. Wenn ich ihn so anschaue, bin ich nicht wütend. Ich bin weit davon entfernt, ihn zu hassen. Er ist ein freundlicher Mensch. Wahrscheinlich würde er mir jeden Wunsch erfüllen. Jeden, den man mit Geld erkaufen kann. Und doch ... er ist mir fremd. Wir hatten einfach wenig miteinander zu tun. Er hatte seine Geschäfte. Und ich hatte Oma. Ja, immer, auch im Urlaub. Meine Eltern mieteten dann einen Wagen und erkundeten die Gegend. Meine Mutter war rein äußerlich zum Greifen nah. Unsere Stadt war ja klein. Aber sie war trotzdem unerreichbar für mich. Ich weiß nicht, warum. Seit ich denken kann, ist das

so gewesen. Vielleicht war sie einfach zu sehr mit sich beschäftigt. Ich war ja in guten Händen. Und scheinbar hat mir das immer gereicht.
Ich begleite meinen Vater bei der Erledigung der »Formalitäten«. So nennt er unsere Gänge. Ich laufe neben ihm her und bin doch weit weg. Meine Trauer frißt mich nicht auf. Ich kann sie zulassen, muß sie nicht wegschicken, auch keine Mauer bauen. Ich fühle mich ruhig wie lange nicht. Und irgendwo in mir ist auch eine tiefe Freude. Franziska – ja! Sie begleitet mich, egal, wo ich bin. Sie ist bei mir, wenn ich mich in meine Erinnerungen fallenlasse, sie verläßt mich nicht, auch wenn ich bei den »Formalitäten« um Rat gefragt werde. Der Sarg aus Eiche, die Rosen im Kranz, die Lieder des Kirchenchors... Es ist schön, dieses Gefühl ihrer Anwesenheit. Obwohl meine Gänge hier alles andere als schön sind.
Anne läßt mich in Ruhe. Sie denkt, ich leide. Deshalb mein Schweigen. Die alte Nähe ist vorbei. Vielleicht kommt sie wieder, wenn ich mit ihr rede. Aber das kann ich jetzt nicht.
Mein Vater macht mir das Angebot, das Pferd nach Berlin zu holen. Auch dort gibt es Reitställe. Klar. Aber ich will nicht mehr reiten. Dieses Kapitel ist beendet. Das weiß ich genau.
Ich nehme Abschied. Wovon? Von diesem Ort? Von meiner Kindheit? Ein seltsames Gefühl. Aber es ist soweit! Ich ersehne den Tag der Abreise...
Die »Rolling Stones« auch auf der Rückfahrt. Meine Mutter sucht das Gespräch mit Fragen. Ja, ich fühle mich wohl in Berlin, sage ich. Nein, mehr gibt es wirk-

lich nicht zu erzählen. Ich schließe die Augen und träume. Ich kann es kaum erwarten anzukommen. Wie hab ich die Staus verflucht! Es ist spät. Zu spät für einen Anruf? Ich nehme das Telefon trotzdem mit in mein Zimmer. Mit in mein Bett. Ich hätte nie gedacht, daß ich irgendwann in meinem Leben die Erfindung des schnurlosen Telefons für die genialste Entdeckung aller Zeiten halten würde ... Aber ich trau mich dann doch nicht. Fast Mitternacht! Ich krieg plötzlich Zweifel. Wenn ich das alles bloß geträumt habe? Mir wird übel. Mein Gott! Daß mir das passieren muß! Aus der Kleinstadtidylle hinein ins Chaos der Großstadt ... Kann ich das aushalten? Ich beschließe trotzdem, morgen in die Schule zu gehen. Egal, was mich dort erwartet. Wenn das kein Zeichen echter Größe ist!

Mein Herz klopft, meine Hände zittern, mir ist übel wie nie zuvor. Aber – ein tiefer Atemzug, und ich öffne die Tür zum Klassenzimmer. Ja, wahnsinnig, dieser Mut, finde ich. Und nun? Ich gehe einfach auf sie zu. Sie kommt mir einfach entgegen. Und wir küssen uns – mitten auf den Mund –, wie das hier üblich ist. Die anderen begrüßen mich auch, ganz genauso. Und trotzdem spüre ich ihre Lippen, nur ihre Lippen, den ganzen langen Morgen, sechs Schulstunden lang. Und ich bin so beschäftigt mit dem Zählen ihrer Augenwimpern, daß nur die Tatsache, daß meine Oma gerade gestorben ist, mich vor Eintragungen rettet. Wie wird das enden? Ich bin bereit, jedes Risiko ein-

zugehen. Wirklich! Ich glaube, ich entdecke endlich das Leben ...
»Wann sehen wir uns? Du kannst rüberkommen. Immer, wenn du willst!« sagt sie leise.
Sie lassen uns nicht aus den Augen. Sie legen sich die Haare hinter die Ohren, damit sie besser hören können. Oder bilde ich mir das bloß ein? Wir sind vorsichtig. Meiden Blicke, Berührungen. Warum eigentlich? Mimi und Jasper kleben den ganzen Tag aneinander: Die Lehrer lassen sie in Ruhe, weil sie sich sonst ganz unauffällig verhalten. Mimi schreibt mit rechts. Jasper schreibt mit links. Mimi meldet sich mit rechts. Jasper meldet sich mit links. Da können Mimis linke und Jaspers rechte Hand in Ruhe aneinanderwachsen. Die brauchen sie nicht. In der Schule jedenfalls nicht. Bei uns wär das schwieriger. Wir sind ganz normale Rechtshänder. Aber sonst? Wo ist der Unterschied? Ich fange an, mich über diese Vorsicht zu ärgern. Ich will unsere Liebe nicht verstecken. Liebe? Ist das Liebe? Ich habe keine Ahnung, was Liebe ist. Aber mein Gefühl für Franziska, das kann gar nichts anderes sein, oder?
»Also, du weißt, daß du kommen kannst, ja? Ich hab bloß wenig Zeit. Meine Mutter macht eine Weiterbildung. Du weißt schon, der Haushalt, Moritz, die Flöte ...«
Franziskas Stimme ist leise und freundlich, aber sehr bestimmt. Sie scheint ganz genau zu wissen, was sie will. Mich auch? Ja! Ein wenig? Vielleicht ... Ich muß auf Distanz bleiben. Diese leise Warnung ist mir nicht entgangen.

**H**akobs Fete! Am Samstag wird sie stattfinden. Ich war die erste, die er eingeladen hat. Mir ist schwindelig geworden bei seinem Blick. So kann bloß jemand gukken, der sich Hoffnungen macht! Zum Glück kommt die ganze Klasse. Und absagen kann ich immer noch. Aber absagen will ich nicht. Franziska hat die Einladung angenommen.
»Ich will mich nicht aus allen West-Veranstaltungen raushalten. Vieles mach ich nicht mit, weil ich keine Zeit habe oder kein Geld. An dieser Schule versammeln sich ja nicht gerade die Ärmsten dieser Stadt... Und besonders viel bringt mir das Rumsitzen in Kneipen, Cafés und Discos auch nicht. Aber ich möchte schon dazugehören zu dieser Klasse. Auch wenn ich vielleicht hier und da ein paar eigene Ansichten habe.«

**H**eute ist Freitag. Bis morgen abend muß ich überleben. Ohne Franziska. Ja, auch das Telefon verbiete ich mir. Das fällt mir schwer, aber ich werde durchhalten. Und in der Zwischenzeit? Ich sitze am Klavier. Freiwillig. Vier Jahre lang habe ich mich zur Klavierstunde geschleppt. Und wäre meine Liebe zu Frau Maurer nicht so gewaltig gewesen, hätte ich keine zwei Wochen ausgehalten. Vielleicht habe ich auch Oma zuliebe durchgehalten. Es war schließlich ihr altes Klavier. Und nun spiele ich ganz freiwillig eine Stunde nach der anderen. Irgend etwas hat mich gepackt. Nein, überhaupt nicht unangenehm. Meine Eltern sind begeistert. Ob nicht doch ein Flügel... also

bei der weitläufigen Wohnung... genügend Platz wäre ja... und er würde so gut passen... so zum gesamten Interieur! Da knalle ich den Deckel zu, fahre in die Stadt und kaufe Noten. »Orpheus und Eurydike« für mein altes Klavier.
Hakob hat durchgezählt. Es sind alle gekommen. Sie sehen aus wie immer, nur mit mehr Nachdruck die ganze Linie. Auch mehr Farbe im Gesicht. Franziska ist unverändert. Die Leinenschuhe sind noch nicht auseinandergefallen, die Jeans auch nicht. Das karierte Hemd immer noch ungebügelt. Sie besitzt zwei von der Sorte. Franziska wirft die Haare nach hinten, da seh ich die Neuigkeit: Ringe in den Ohren! Uralte, lange Dinger.
»Ich liebe dieses altes Zeug!« sagt sie. »Jugendstil!«
Sie verdreht die Augen.
»Meine große Leidenschaft!«
Ob sich in Omas Schmuckkasten »Jugendstil« befindet? Mein Vater hat mir eine kleine Holzkiste in die Hand gedrückt.
»Der Geschmack deiner Mutter ist das nicht. Vielleicht kannst du was damit anfangen?«
Ich habe noch nicht reingeschaut. Bis auf meine Silberringe hat Schmuck mich bisher nicht interessiert...
Mein eigener Stil nimmt auch langsam Formen an. Meine Mutter preßt jedesmal die Lippen aufeinander, wenn sie mich sieht. Sie wartet immer noch darauf, daß ich endlich mit ihr und ihren Kreditkarten in die Stadt fahre... Aber ich liebe meine geerbten Lederschuhe. Jetzt ist noch eine Latzhose dazugekommen.

Die hing bei Anne im Stall. Ich konnte den Blick nicht abwenden. Echt nicht. Pack ein, hat Anne gesagt. Die wird schon keiner vermissen! Dazu paßt die alte Samtjacke aus dem Kleiderschrank von Oma. Mindestens vierzig Jahre alt. Schwarz, mit Seide gefüttert. Und dann die bestickte Bluse mit den Pailletten. Alles selbst genäht. Die einzigen alten Sachen, die sie aufgehoben hat.
Hakobs Eltern sind ausgeflogen. Das Büfett wird angeliefert. Der Kühlschrank ist gefüllt. Zum Empfang gibt es Sekt. Ich kippe zwei Gläser runter. Wie Wasser. Danach schwebe ich noch höher über dem Boden als vorher. Ein Arm legt sich um meine Schulter. Danke, Franziska, für deinen Mut... ich lehne mich an, schließe die Augen, lasse mich fallen... Ja, schaut ruhig alle her! Es ist so, wie es ist! Wir lieben uns! Oder vielleicht eher: Ich liebe sie! Ich! (Wer weiß, wie sie das sieht!) Und sie schauen tatsächlich. Kommen sogar näher. Die Sektgläser in der Hand.
»Am Ziel deiner Träume, Hakob?« sagt Jette.
Sie grinst und zwinkert mir zu.
Mich trifft der Schlag. Das Glas fällt auf den Boden. Sonst bleibt alles wie vorher. Passiert ist nichts. Oder doch? Das Glas ist leer, der Teppichboden weich. Ich sinke zu Boden. Von Hakobs Arm befreit, hebe ich das Glas auf. Ihn lasse ich stehen.
Franziska, wo bist du?
Nicht meine Stimme, nein, meine Augen rufen sie. Ich will meine Sehnsucht mit Sekt zuschütten. Nach zwei Gläsern gebe ich auf. Sie wird danach noch unerträglicher, diese verdammte Sehnsucht. Das Büfett scheint

den anderen inzwischen reizvoller als Hakobs entschwundene Geliebte. Das Gehen macht mir Mühe. Ich bin etwas wackelig auf den Beinen. Mein Blick war auch schon klarer. Nirgendwo treffe ich Franziska! Trotzdem gebe ich nicht auf. Ein drittes Glas ... Endlich! Das Ziel meiner Suche! Ich finde Franziska in der Bibliothek. Sie blättert in einem Kunstband. Soviel bekomme ich gerade noch mit.
»Da muß ich rein, Jojo! Gleich morgen. Kommst du mit in die Ausstellung?«
Ich nicke. Denn meine Sprache ist im Sekt ertrunken.
Ich lasse mich auf das Ledersofa fallen, vergrabe meinen Kopf in Franziskas Schoß. Dann kommt die Nacht.

Ich wache auf. In meinem Bett. Alleine. Mein Kopf auf dem Kissen. Was ist los? Filmriß – falls es kein Traum war. Die letzte Einstellung, glasklar. Der Bildband, das Ledersofa, Franziska! Wir sind verabredet. Diese Botschaft hat mich noch erreicht. Um elf vor der »Neuen Nationalgalerie«. Das kann ich nicht schaffen! Mein Kopf ist wie benebelt, der Magen flau, Drehungen, Schwingungen, für die ich keinen Abstellknopf finde. Eine kalte Dusche holt mich in die Realität zurück. Ich muß es schaffen! Ich darf sie nicht verpassen! Ich bestelle ein Taxi. Unverzeihlich, dieser Luxus, entschuldige, ich weiß, Franziska! Aber du kannst unpünktliche Leute ja nicht ausstehen! Ich hab also keine andere Wahl! Hoffentlich siehst du mich nicht! Und wenn doch, guck bitte weg!

Sonntagmorgen in Berlin. Die Straßen sind frei. Ich werde noch vor elf da sein. Nein, so frisch und klar wie dieser Morgen bin ich nicht. Auch nicht nach der Tasse Tee, dem Croissant mit Butter in der Cafeteria. Aber wenigstens werde ich damit in der Lage sein, ihr ohne große Probleme durch die Hallen zu folgen. Ich traue mir sogar zu, dieses oder jenes Bild betrachten zu können. Inzwischen weiß ich auch, wem die Wallfahrt gilt. Dem größten Künstler des Jahrhunderts. Ja, ich habe schon von ihm gehört. Und seinen Bildern bin ich auch schon begegnet. Mindestens einmal in jedem Lesebuch. Sogar bei Anne an der Wand hängt das Poster mit der Friedenstaube. Aber nähere Bekanntschaft habe ich mit ihm noch nicht gemacht.

Der Himmel ist blau. Die Sonne schickt ihre milde Wärme durch die Novemberkälte. Ganz Berlin ist unterwegs. Kunst statt Kirche? Ein buntes Treiben: Perlen und Pelze, Lederhosen und blaue Haare, Babys im Brusttuch, Hundertjährige auf Krücken. Ob wir durch diese Menschenmasse vordringen werden? Bis zu den Bildern? Ich hab da meine Zweifel. Aber mir ist das egal. Die Bilder kann ich mir auch im Katalog anschauen. Ich atme die kalte Novemberluft ein und habe nicht das Gefühl, mich in einer gigantischen Großstadt zu befinden. Die Luft ist frisch. Nicht anders als bei uns auf dem Land. Wirklich. Die kleine Backsteinkirche spiegelt sich in der gewaltigen Glasfassade der Galerie. Fast wie bei uns: die Spiegelung der Burg im Wassergraben. Aber wir sind mittendrin

in dieser Großstadt. Auch das ist also Berlin. Besinnlich und ruhig. Da wird mir klar, was ich hier alles entdecken kann. Wahnsinnig, diese Aussichten!
Die Bushaltestelle lasse ich keine Sekunde aus den Augen. Bei jedem Bus, der sich nähert, rast mein Herz, beginnen meine Beine zu zittern. Es ist schön, hier zu stehen, um auf sie zu warten.
Da!
Ihre roten Strähnen leuchten in der Sonne. In den Brillengläsern spiegelt sich der Morgen. Mit jedem Schritt sagt sie: Jetzt komme ich! Einfach so. In mir spukt ein kleines Unbehagen. Schleier über der Freude . . . jetzt, wo sie auf mich zukommt. Der Filmriß!
»Liebste Johanna!« sagt sie und küßt mich auf den Mund. Viel, viel länger als sonst, kommt mir vor. Ich nehme sie in die Arme. Ja, ohne sie zu fragen, ob ihr das recht ist, hier, vor der ganzen Welt! Und wir bleiben stehen, eine kleine Ewigkeit, mitten auf der Treppe, allen Leuten im Weg. Bis sie sagt:
»Ich habe nicht mit dir gerechnet, nach deinem Absturz gestern!«
»War was Besonderes?« wage ich zu fragen.
»Nein, es war wohl bloß der Sekt! Aber vielleicht ein paar Gläser zuviel für dich! Nachdem meine Wiederbelebungsversuche vergeblich waren, hab ich deinen Vater angerufen, und der hat dich abgeholt!«
»Gemein ist das!« sage ich. »Ich wollte so aufwachen, wie ich eingeschlafen bin!«
»Grundsätzlich hätte ich ja nichts dagegen gehabt, aber bei Hakob wollte ich nun doch nicht übernachten. Und mit dir dein Luxusbett teilen, mit der rot-

schwarzen Bettwäsche aus Seide, das hab ich auch nicht geschafft. Obwohl dein Vater so freundlich war, mir das anzubieten!«
»Du hast mit ihm geredet?« Ich habe aufgehört zu atmen.
»Ich hatte keine andere Wahl. Und er war so umwerfend freundlich, daß ich Probleme habe, ihn zu hassen. Trotzdem, das Taxi hab ich mir von ihm nicht bezahlen lassen!«
Nein, Franziska läßt sich auch von mir nichts bezahlen. Weder die Eintrittskarte noch das Poster. Den Katalog biete ich ihr erst gar nicht an. Schade! Den hätte sie so gern... Aber der Preis! Und so verbiete ich mir auch, einen für mich zu kaufen. Das wird schwierig werden in Zukunft, falls wir eine Zukunft haben. Wie werde ich ihr jemals was schenken können? Ach, Franziska! Aber ich versteh sie, keine Frage. Es ist ja schließlich das Geld des Raubritters...
Ich habe mir einen Walkman andrehen lassen. Für fünf Mark wird mich dieser *Acoustic Guide* durch die Ausstellung führen. Und er wird mir unter Berücksichtigung meiner Bildungslücken die nötige Grundlage für das Verständnis der wesentlichen Bilder vermitteln. Franziska enthält sich jeder Bemerkung, die mich verletzen könnte.
»Ich geh schon vor!« sagt sie bloß. Und ist nicht mehr zu sehen. Der Führer in meinem Ohr spricht zu mir mit angenehm freundlicher Stimme, sagt mir genau, wohin ich mich wenden darf. Fünf Meter geradeaus. Weiter nicht.

»Bleiben Sie bitte vor dem großen Bild in der Mitte auf der linken Seite stehen!«
Ich gebe mir Mühe. Wirklich. Meine Bildung ist eine Katastrophe. Das gebe ich zu. Und es soll sich ändern. Aber dieser Versuch hier! Er scheitert hoffnungslos. Von den ersten beiden Bildern bekomme ich immerhin eine Ahnung. Dicht gedrängt stehen sie vor mir, in drei Reihen. Dahinter ich mit meiner Größe. Ein Meter zweiundsechzig. Mit diesem Zwergenmaß bleibt für mich jede Kunstausstellung von Bedeutung ein aussichtsloses Unterfangen. Zum Glück sind wenigstens die Bilder dieser Ausstellung riesig. Irgendeine Ecke erwische ich immer. Bloß ein ganzes Bild, in seiner gesamten Größe, schaffe ich nicht. Jedenfalls nicht die, die der Führer für uns *Acoustic-Guide*-Benutzer ausgesucht hat. Beim dritten Bild gebe ich auf und reiße mir den Kopfhörer von den Ohren.
Franziska ist natürlich verschwunden. Ich könnte sie ausrufen lassen. So wie Mütter das mit ihren verlorengegangenen Kleinkindern machen. Aber wie ich Franziska einschätze, wandert sie lieber ganz alleine umher, in aller Ruhe. Und die hätte sie mit mir nicht. Jetzt müßte ihre Hand da sein... Ich schiebe mich durch die Massen, werfe ab und zu einen Blick auf die Werke des großen Meisters, sofern das Gedränge es erlaubt.
Aber eigentlich bin ich doch nur auf der Suche nach den roten Strähnen...
Da muß ich stehenbleiben. Drei Meter von mir, vor einem Bild, das nur wenige Besucher anzieht, steht

ein Paar. Es steht vor dem Bild, eng aneinandergelehnt, Hand in Hand. Eigentlich ist das nichts Besonderes. Das weiß ich auch. Aber diese zwei ... Ganz versunken stehen sie da. Behutsam streichen ihre Fingerspitzen über ihre Hände, so als würden sie etwas ganz Zerbrechliches berühren. Ab und zu schauen sie sich an. Mit einem Blick, so warm ... Ich bin vollkommen weg. Jetzt nähern sie sich dem Bild, bleiben stehen, eng umschlungen, Kopf an Kopf gelehnt – ein wunschlos glückliches Liebespaar: zwei Frauen, Mitte Vierzig!

Ich bleibe stehen, immer noch ganz benommen von diesem Bild. Auch als sie sich entfernen, Hand in Hand. Dann nutze ich die Chance der Bildbetrachtung. Ich stehe in der ersten Reihe. Den Titel des Bildes zu lesen ist überflüssig. »Zwei Frauen«. Das entgeht keinem, auch nicht dem Kurzsichtigen. Alles andere auch nicht. Aber ich halte das nicht aus. Diese Frauen sind nackt! Nein, das ist natürlich kein Problem. Aber so, wie sie da vor mir liegen ... in dieser Position ... einen halben Meter nur entfernt ... die Hand der einen Frau direkt ... Nein! Hinter mir steht ein dicker Pfeiler aus Beton. Der fängt mich auf. Meine Augen wagen keinen zweiten Blick. Meine Füße finden keinen festen Halt. Was ich nicht zu denken gewagt habe, hat dieser Maler in dicken kräftigen Pinselstrichen auf die Leinwand gemalt. In Lebensgröße. Sichtbar für die ganze Welt. Ich finde das unmöglich. Er kommt mir vor wie ein Voyeur, wie ein mieser Voyeur!

Ich weiß nicht, wie lange ich so stehe. Abgestürzt ins

Chaos der Gefühle. Ich wage immer noch keinen zweiten Blick. Da schiebt sich ein bekanntes Objekt vor meine Linse. Leinenschuh im Endzustand! Eine Hand streift meine Hand, eine Wange streift meine Wange.
»Daß ich dich gerade hier finde!« sagt sie.
Wäre der Pfeiler nicht, der mich hält, würde ich umfallen. Ich habe nicht den Mut, sie anzuschauen. Mein Gesicht ist ein aufgeschlagenes Buch. Ich kann mich nicht verstecken. Nicht vor ihr!
Was macht das Bild bloß mit mir? Zeigt es meine verborgenen Wünsche? Ist es das, was ich will? Nein, davon bin ich weit entfernt, wirklich, und doch... Warum wühlt mich dieser Anblick so auf?
Ich versuche es mit ein paar Atemzügen. Extra tiefen. Danach geht es mir besser.
»Ich bin entsetzt!« sage ich und wage endlich einen Blick.
»Wieso denn?« Franziska scheint anderer Meinung.
»Ich finde, das geht ihn überhaupt nichts an.«
Franziska schickt mir ihr zauberhaftes Lächeln. Ich suche mit meinem Rücken den Pfeiler aus Beton.
»Ach, Johanna! Das ist eben so! Künstler maßen sich an, über alles zu schreiben, alles zu malen. Die kennen keine Tabus. Wichtig ist doch bloß, wie sie damit umgehen. Und dieses Bild...«
Franziska geht zwei Schritte näher, kommt dann zurück.
»Also, ich finde, er hat das gut hingekriegt. Mit liebevollem Blick. Die selbstverständlichste Sache der Welt! Ich glaube, eine Frau hätte diese Szene nicht schöner malen können!«

Sie nimmt meine Hand und zieht mich weg. Nimmt mir den Halt aus Beton.
»Siehst du den Unterschied?«
Sie schiebt mich vor eine Wand. Vor uns drei Bilder, die sich ziemlich ähnlich sind.
»Der Künstler und sein Modell.«
»Weißt du, was ich meine?«
Vielleicht hab ich eine Ahnung, ja, aber ich trau mir eigentlich kein Urteil zu über diesen großen Meister.
»Guck doch einfach hin, Johanna!«
Franziska ist hartnäckig. Das hab ich mir gedacht...
»Wenn du es unbedingt wissen willst! Mein naiver Blick sagt mir, dieser alternde Künstler kriegt wehmütige Gefühle angesichts des jungen nackten Modells. Er hätte sie jetzt gerne, aber er weiß auch, daß seine Zeiten vorbei sind!«
»Genau!« sagt die Oberlehrerin.
Und ich verzeihe ihr. Weil sie es ist!
»Und der Unterschied?«
»Ich hab's begriffen!« sage ich.
Mehr sage ich nicht. Wir sind schließlich nicht in der Schule! Und dem großen Meister verzeih ich auch, gnädig wie ich bin...
Diese Frauen lieben sich, das ist der Unterschied. Trotz der verzerrten Darstellung seh ich es genau. Sanft und zärtlich ist ihr Blick...

**A**m Freitag fahren wir auf die Datsche. Am Freitag erst! Wie überlebe ich die Zwischenzeit? Ich rette mich von Vormittag zu Vormittag, versinke im Anblick meiner Liebsten und verliere das Bewußtsein für das, was ich sechs Schulstunden lang eigentlich tun sollte. Hakob hat die Hoffnung noch nicht aufgegeben. Bei der nächsten Fete gibt es bloß Milch und Saft. Er will einfach nicht glauben, daß ich mich gefühlsmäßig ganz woanders befinde. Aber genau das habe ich ihm gesagt.

Frau Dr. Göbel bittet mich zum Gespräch. Ihr ist nicht entgangen, den Kollegen ist nicht entgangen ...
»Was?« sage ich, weil sie so rumstottert, wie es überhaupt nicht ihre Art ist. Und ich will jetzt endlich, daß alle es wissen. Alle Lehrer, die ganze Schule, die ganze Welt!

»Du bist so abwesend. Und das kannst du dir schulisch nicht leisten!« sagt sie. Ja, sie hat sich wieder unter Kontrolle.

»Wenn sich das nicht ändert, müßtest du eine Klasse zurückgehen! Gibt es einen besonderen Grund?«
Da trifft mich der Schlag. Da wache ich auf.
Eine Klasse zurück? Weg von Franziska? Niemals!
»Bloß eine momentane Krise!« sage ich.
Und ich lasse sie stehen, ohne ihr gesagt zu haben, was ich am liebsten auf alle Mauern dieser Welt sprühen würde ...

So schnell wie möglich in die noble Luxusetage. Die Telefonnummer hängt schon lange an meiner Pinnwand. Reinhard Steinberger, Lehrer, arbeitslos. Der muß mich retten! Und er hat schon auf mich gewartet. Ja, er kann heute anfangen. Gleich um vier! Wäre Franziska nicht, könnte er mir vielleicht gefährlich werden, dieser Reinhard S. Richtig gefährlich natürlich nicht! Ich finde ihn bloß sympathisch. Und er muß mich retten. Mehr will ich echt nicht! Am Ende der ersten Stunde sagt er mir doch glatt, retten könne er mich nur, wenn ich ernsthaft anfange zu arbeiten. Und die Voraussetzung dafür ist nun mal Konzentration. Und genau da vermutet er mein Hauptproblem. Dabei war ich von vier bis fünf wirklich nur phasenweise abwesend ...


**E**ndlich ist er da! Der Freitagnachmittag. Der Himmel ist grau. Die Luft neblig feucht. Aber in mir scheint die Sonne. Ja, so heiß, daß ich aufpassen muß, daß sie mich nicht verbrennt. Der Wagen holpert über das Kopfsteinpflaster.
»Jetzt sind wir bald da!« sagt Moritz.
Von mir aus müssen wir überhaupt nicht mehr ankommen. Ich bin bereits da, am Ziel meiner Wünsche ... Und diese Fahrt, die könnte ewig so weitergehen. Ich sitze zwischen Franziska und Moritz, eng und warm. Die Augen geschlossen, den Kopf an Franziskas Schulter, unsere Hände festgewachsen, wie die von Mimi und Jasper. In meine Ohren dringt das Geplapper von Moritz und das Gemaule von Linda. Warum sie, verdammt noch mal, ihre Freundin Leonie nicht mitnehmen durfte! Gemein ist das! Nein, ich habe kein schlechtes Gewissen, und es tut mir auch nicht leid, daß ich dieser Leonie den Platz wegnehme!
Ich öffne die Augen. Im Rückspiegel begegne ich dem Blick der Mutter. Sie macht ein fragendes Gesicht.
Das kleine Haus, vor dem wir anhalten, könnte glatt in

einem meiner alten Märchenbücher zu finden sein. Rotgestrichene Fensterläden, die Mauern mit Efeu zugewachsen, versteckt zwischen Bäumen und Sträuchern, einsam und allein mitten im tiefen Wald. Mein Traumhaus!
Der Schlüssel liegt unter der Fußmatte. Das muß ich mir merken...
Linda verzieht sich mit einem Buch ins Bett wegen der »Saukälte«. Moritz schleppt Holz für den Kamin, Hildegard und Peter Fink kümmern sich um das Abendessen, Franziska zeigt mir das Haus.
»Selbst gebaut, von meinem Vater und seinen Brüdern. Das hat ewig gedauert. Ohne Westkontakte und Beziehungen war es fast unmöglich, das Material zusammenzukriegen.«
Es ist so gemütlich wie in der Friedrichstraße. Nein, noch viel gemütlicher. Vielleicht, weil alles so klein ist. Diese behagliche Atmosphäre gab es selbst bei Anne in der großen Wohnküche nicht. Auch hier alte Möbel, Bilder an den Wänden, sogar ein Klavier. Das Feuer im Kamin knistert schon. Franziska deckt den Tisch mit Kerzen und altem Geschirr.
»Wo habt ihr denn die ganzen alten Sachen her?«
»Es gab mal 'ne Zeit, da wollte die kein Mensch haben. Und da ist alles bei uns gelandet. Der Nachlaß aller Urgroßeltern und Großtanten.«
Den Abend verbringen wir mit Moritz' Lieblingsspiel. Leider! Ich kann es ja blöd finden, trotzdem möchte er, daß ich mitspiele. Daß nicht alle Deutschen mit Sepplhut rumlaufen und nicht alle Schwarzen so schrecklich dicke Lippen haben, weiß er auch. Aber

Spiel ist Spiel! Und dieses Spiel macht ihm immer noch Spaß!
Ich lasse mich überreden, weil ich ihn mag und weil Franziska neben mir sitzt, ganz, ganz nah ...
Ich verliere jedes Spiel, das war vorauszusehen. Meine Gedanken sind nicht in diesem Café International ...
Linda gewinnt. Das stimmt sie ausgesprochen friedlich. Bis um zehn. Da verkündet sie, sie werde auf keinen Fall meinetwegen auf ihr Bett verzichten. Ich könnte ja genausogut bei Moritz im Zimmer schlafen.
Franziska springt auf, eiskalt ihr Blick, ja, so kenne ich sie auch, aus früheren Zeiten ...
»Liebe Linda!« sagt sie. »Seit Jahren räume ich mein Bett für deine Lea, Luise oder Leonie, wenn ich deinem Gedächtnis vielleicht ein wenig nachhelfen darf! Dies ist die erste Freundin, die ich eingeladen habe. Und die wird nicht bei Moritz im Zimmer schlafen. Das wirst *du* tun!«
Sie legt den Arm um meine Schulter, und damit macht sie allen unmißverständlich klar, daß niemand uns für die Nacht trennen kann.
»Komm, Johanna, wir ziehen uns zurück! Gute Nacht!«
Linda beginnt zu heulen. Und Moritz will auf gar keinen Fall mit dieser doofen Schwester das Zimmer teilen ...

**F**ranziska schiebt mich aus dem Zimmer, die Treppe hoch in ihr Schlafgemach. Ein anderer Ausdruck paßt einfach nicht. Dieses Zimmer wird ausgefüllt von

einem uralten, riesigen Ehebett, dazugehörigen Nachtschränkchen, einem überdimensionalen Kleiderschrank mit Spiegeltüren.
Alles ziemlich verschnörkelt.
»Jugendstil!« sagt Franziska und verdreht die Augen.
Und nun? Plötzlich wird mir unbehaglich. Ich bleibe wie festgenagelt hinter der geschlossenen Tür stehen, merke, daß ich die Luft anhalte und nicht weiß, wohin ich gucken soll.
Franziska zieht sich aus. Hemd und Hose liegen schon auf dem Boden. Natürlich habe ich sie schon in T-Shirt und Slip gesehen. Jeden Mittwoch im Umkleideraum der Turnhalle. Aber jetzt zieht sie sich das schwarze T-Shirt über den Kopf, und – nein, ich kann nicht weggucken, obwohl ich es gerne tun würde – ich sehe ihren nackten Rücken mit den geraden Schultern ... sie dreht sich um, da steht sie vor mir, und ich kann meinen Blick nun gar nicht mehr abwenden, so schön ist sie!
Mir wird schwindelig. Ich lasse mich aufs Bett fallen. Da legt sie sich zu mir. Franziska – blau-weiß gestreift.
»Wie findest du den?«
»Also, das ist kein Jugendstil!«
Das erkenne ich inzwischen. Dieser Schlafanzug ist höchstens dreißig Jahre alt!
»Wunderschön!« sage ich. »Schon dein Großvater hatte einen guten Geschmack.« Franziska zündet eine Kerze an, knipst den Lichtschalter aus und sagt:
»Willst du dich nicht endlich von deiner Latzhose trennen?!«
Zum Glück ist es dunkel. Da sieht sie nicht, wie meine

Hände zittern, als ich die Knöpfe meiner Hose öffne. Erst als ich unter der Decke liege, wage ich wieder, richtig zu atmen.
»Darf ich zu dir kommen?«
Weiteratmen, Johanna! sage ich zu mir. Sonst überstehst du diese Nacht nicht lebend!
Eine Ewigkeit liegen wir einfach so nebeneinander. Hand in Hand, ganz nah. Mein Atem wird ruhig, und damit kann ich alle verborgenen Ängste verjagen. Am liebsten würde ich aufspringen, soviel Freude ist in mir, aber ich bleibe ganz einfach liegen...
Irgendwann suchen meine Lippen ihren Mund, begeben sich meine Hände auf die Reise. Meinen Kopf mit all seinen Bedenken und Fragen schalte ich aus. Franziska küßt mir die letzten Grübelfalten weg. Unsere Hände, unsere Lippen: ein Spaziergang ohne Ende! Mit Landschaften und Wegen, neu und schön. Entdeckungen von Mund und Hand. Wir gehen gemeinsam, trennen uns, suchen uns immer wieder neu. Dem Schild »Betreten verboten« begegnen wir nicht. Ich lasse mich fallen in mein Glück, spüre es in jeder Pore meiner Haut, mit jeder Faser meines Körpers. Ich schaukle auf seichten Wellen, in der Ferne die Brandung. Ich versinke – tiefer, immer tiefer, lasse mich fortreißen, der Strudel, der mich verschlingt, spült mich aus – ich liege am Ufer, auf warmem Sand, die Sonne streichelt mein Gesicht – ich bin angekommen. Und ganz betrunken vor Glück!
Und sie nimmt noch immer kein Ende, unsere Reise... sie beginnt immer wieder neu...

Als Moritz uns am Morgen die Fensterläden zurückklappt, sollte eigentlich die Nacht anfangen ...

**W**ar ich jemals so müde? Nein! Ich war aber auch noch nie so glücklich!
Ich springe aus dem Bett und fühle mich nach einer kalten Dusche in der Lage, auf ein klappriges Rad zu steigen, um mit Moritz ins Dorf zum Bäcker zu fahren. Besonders freundlich ist dieser Morgen nicht, neblig mal wieder und feucht, aber mich würde heute selbst der größte Schneesturm nicht schrecken.
Trotz meiner Müdigkeit spüre ich unbändige Energien in mir schlummern, die bloß auf ihren Einsatz warten. Ich merke erst nach einigen Metern, daß ich mich ziemlich überschätzt habe. Aber es gibt kein Zurück. Moritz ist unerbittlich. Der Waldboden ist weich. Ich habe Mühe, die Spur zu halten und Moritz auf seinem Kinderrad zu folgen. Da hab ich mir was eingebrockt!
Vom Dorf ist auch nach einer Viertelstunde nichts zu sehen.
»Wie lange noch?« rufe ich. Und lege soviel Verzweiflung in meine Stimme wie möglich.
»Wir sind da!« sagt Moritz.
Er steigt tatsächlich vom Rad. Wir sind mitten im Wald. Und ich habe echt Probleme, den Bäckerladen hier in der Einöde zu entdecken.
»Komm!« sagt er, läßt sein Fahrrad fallen und lockt mich in den Sumpf.
Auf diese Brötchen bin ich gespannt.
»Jetzt zeig ich dir mein großes Geheimnis. Das gehört

sozusagen mir, weil keiner es kennt, dem ich es nicht gezeigt habe!«
Vor uns liegt, von hohen Tannen umgeben, ein dunkelgrüner See. Die Ufer zugewachsen mit hohem Schilf, am Holzsteg ein verlassenes Ruderboot. Enten paddeln vorüber. Wahnsinnig schön! Ich lasse mich auf einen Baumstamm fallen, versinke in der Stille des Waldes, in der Tiefe des Wassers. Diesem See bin ich auch schon begegnet. In irgendeinem meiner alten Märchenbücher.
»Den mußte ich dir erst zeigen. War nur ein kleiner Umweg. Im Sommer kann man hier nackt baden, weil niemand herkommt. Toll, was? Aber jetzt komm, mein Magen knurrt!«
Das Dorf ist wirklich nicht weit. Die Brötchen noch warm.
»Vielleicht ist der See nächste Woche schon zugefroren. Vergiß deine Schlittschuhe nicht!«
So einfach ist das für Moritz! So einfach wie für mich.
Ich schwebe unerreichbar über dem Boden. Versuche mich durch Holzhacken wieder der Erde zu nähern. Vergebens. Das ist eben das Glück!
Franziska backt den Freitagskuchen. Schon wieder am Samstag. Ich spüle, trockne ab, schäle Kartoffeln. Das Klavier lockt mich mit seinen Tasten, aber bei diesen Profi-Ohren hier trau ich mich nicht. Noch nicht! Ohne Kommentar spiele ich das Caféspiel.
Linda, ja, welche Ehre, fragt mich, ob ich ihr helfen kann, Tannenzweige zu schneiden, Adventskränze zu binden. Einen wagenradgroßen für das Berliner Zim-

mer in der Friedrichstraße. Immerhin ist nächsten Sonntag schon der erste Advent.
Die Stunden fliegen davon. Von Franziska erhasche ich hier und da einen Blick. Eine Berührung von Hand zu Hand, wenn sie sich mal von ihren Stricknadeln trennt, von den letzten Reihen eines Pullovers mit irischem Muster. Das Weihnachtsgeschenk für Moritz. Ich schiele nicht ohne Neid auf dieses Kunstwerk und sage: »Dieser Pullover zu meiner Latzhose!« Und verdrehe die Augen.
»Wenn du nicht wärst...«, sagt Moritz zu mir. »Franziska fand die Datsche immer bloß öde. Sie ist lieber in Berlin geblieben. Bücher, Bilder, Flöte waren ihr wichtiger. Begreifst du das?«
»Hier könnte ich glatt leben!« sage ich.
Das Dorf mit dem Rad, die nächste Kleinstadt mit dem Bus... der Schulweg wäre auch nicht weiter als der in Berlin.
»Das würde ich nicht aushalten!« sagt Franziska.
»Schade!« sage ich.
Immer wieder begegne ich dem Blick von Franziskas Mutter. Ihm entgeht nichts. Ihm ist nichts entgangen, glaube ich. Aber ich muß mich nicht verstecken.
Am Abend sind die Eltern unterwegs. Linda fährt mit. Moritz legt sich mit einem Buch aufs Sofa vor das Kaminfeuer und schläft bald ein.
Unsere Zeit beginnt. Diese Stunden gehören nur uns. Meine Lippen suchen ihren Mund...
Der Abschied am Sonntag macht mich traurig, trotz meines Glücks. Am liebsten würde ich bleiben, aber alleine nicht so gerne.

Die Autofahrt in Franziskas Arm, jetzt unmißverständlich für alle. Linda ist verstummt. Von Zeit zu Zeit trifft mich ihr Blick. Ohne Kommentar, auch als Moritz vor der Haustür sagt:
»Johanna kommt nächste Woche wieder mit!«
Franziska stöhnt.
»Schon wieder auf die Datsche? Ob ich das aushalte?«
Ich zwicke sie in den Arm.


Ich mache Fortschritte, sagt Reinhard S. zu meinen Eltern. Kaum merkliche zwar, sagt er zu mir, aber immerhin. Die Hoffnung gibt er noch nicht auf. Reinhard S. ist ehrgeizig. Er will die Jahrgangsstufe elf erreichen. Ob mein Vater als Prämie mit einer Eigentumswohnung gewinkt hat? Mir gelingt es inzwischen wieder, diesen oder jenen Unterrichtsstoff zu verfolgen. Ja, ich schaffe es manchmal sogar, fünfundvierzig Minuten lang meinen Blick auf die Tafel zu richten. Mit größtem Energieaufwand gelingt mir das. Franziska hat es da leichter. Sie kommt mir vernünftiger vor. Davon bin ich ziemlich weit entfernt. Aber Franziska ist immerhin schon siebzehn. Sie liebt mich nicht weniger als ich sie, das glaube ich inzwischen. Und das beflügelt mich. Es hat sogar dazu geführt, daß ich ihren Vater gebeten habe, mir jemanden zu empfehlen, der mir Klavierstunden geben kann. Nein, Franziska braucht das nicht zu wissen. Erst dann, wenn ich gut genug bin, um mit ihr gemeinsam spielen zu können. Dabei bin ich nicht sicher, ob sie wirklich zusammenpassen – Flöte und Klavier.

Herr Hebenstreit, unser Kunstlehrer, will uns eine besondere Weihnachtsfreude machen. Er verordnet uns eine Exkursion in die große Ausstellung. Ja, Franziska ist ganz begeistert. Die anderen anscheinend nicht weniger. Nur geht es ihnen nicht so sehr um die große Kunst.
»So ein Vormittag ohne Schule, da gönnt er uns wirklich was, der Hebenstreit!« sagt Hakob und spricht das aus, was viele denken.
Wir stehen vor der Eingangshalle. Die Besuchermassen sind noch fern. Hakob weicht nicht von meiner Seite, obwohl ich doch unmißverständlich und für alle sichtbar neben Franziska stehe und ihre Hand halte... Wir haben beschlossen, uns von unseren Vorsichtsmaßnahmen zu verabschieden. Wir planen nicht den Aufstand, auch nicht die Provokation. Wir wollen nur das leben, was alle leben, die sich lieben, mehr nicht.
Herr Hebenstreit hat es leichter als mein *Acoustic Guide* von neulich. Er schafft es, selbst die allermüdesten Blicke auf die Leinwand zu ziehen, und vor allem, das politische Auge des großen Meisters zu entdecken. Die Abwehr der meisten liegt nur in den üblichen Sprüchen. Hakob schleicht immer noch an meiner Seite, doch schielt er jetzt, leicht irritiert, hin und wieder auf unsere verschlungenen Hände. Als wir die »Zwei Frauen« erreicht haben, trennt er sich endgültig von uns und hängt sich an Jette und ihre Clique. Ich atme auf. Er hat's wohl kapiert! Trotz dieser Erleichterung spüre ich ein leichtes Unbehagen. Wie wird er mit dieser Erkenntnis umgehen? Herr Hebenstreit

wird sich zu diesem Bild nicht äußern. Das zeigt sein dynamischer Schritt, der kein Verweilen andeutet.
Franziska und ich bleiben stehen. Mir klopft das Herz. Wer weiß, warum... Wir schauen uns an. Ob wir auch so aussehen? Ich denke an das schöne Frauenpaar. Herr Hebenstreit ist bereits im nächsten Saal bei den Spätwerken des großen Meisters.
»Es geht los!« sage ich. »Guck sie dir an!«
Wir gehen auf sie zu. Mit dem Druck unserer Hände versichern wir uns einander. Die »Braven«, wie ich sie nenne, die »Stillen«, die von Mami Feingemachten scheinen dem Herzinfarkt nahe. In ihren Augen: Abwehr. Oder ist es Neid? Sie drehen sich um und gehen schnell weiter, als wir uns nähern. Von Zeit zu Zeit erreichen uns verstohlene Blicke, hören wir sie flüstern hinter unserem Rücken.
In der Cafeteria versammelt uns Herr Hebenstreit zum Gespräch. Hakob sitzt neben Jette. Seinen Arm hat er um ihre Schulter gelegt. Er sagt ihr was ins Ohr. Mimi und Jasper haben sich neben uns gesetzt. Ich lehne mich an Franziskas Arm, schließe für einen Moment die Augen und fühle mich wohl. Ja, trotz der Lawine, die ich anrollen höre und der wir nicht entfliehen werden. Aber überrollen wird sie uns nicht. Mit Franziska fühle ich mich stark.
»Ein weiteres Paar, wie schön!« sagt Jasper. »Und endlich mal was Neues!«
»Genau!« sagt Mimi. »Wir sind schließlich in Berlin. Und Schwulsein ist in!«
»Ich schätze, ihr heiratet eher als wir!« sagt Jasper. »Dieser Wunsch scheint in euren Kreisen inzwischen

üblicher zu sein als bei uns. Vielleicht hat sich gesetzmäßig ja was geändert, bis ihr achtzehn seid!«
»Genau!« sagt Franziska. »Wir haben noch Zeit. Deshalb können wir dieses Thema später noch mal aufgreifen?«
»O.K.!« sagt Jasper. »Ich frage in zwei Jahren wieder nach.«
Der Blick der Braven versteinert, der Blick der Coolen wird noch cooler. Herr Hebenstreit räuspert sich.
»Erst mal spontane Eindrücke zur Ausstellung!« sagt er.
Aber es gibt keinen, der spontan einen Eindruck hat. Alle rühren in ihren Tassen oder saugen am Strohhalm.
»Franziska?« sagt Herr Hebenstreit.
Ja, sie rettet ihn mit ihren Eindrücken.
Es kommt keine Lawine, eher ein Schneeball, geworfen von hier nach dort. Bis ihn keiner mehr auffängt, er auf dem Boden landet, auseinanderbricht und zerfällt. Von Zeit zu Zeit ein neuer Schneeball. Aber keiner so eisig, so fest, daß er uns wirklich verletzen könnte.
Die Lehrer lassen uns in Ruhe. Einige gucken weg, wenn sie uns begegnen. Frau Dr. Göbel hat uns neulich einen langen Blick nachgeschickt. Aber sie behandelt uns nicht anders als früher. Ja, meine leichten Fortschritte – leistungsmäßig – sind ihr nicht entgangen. Sogar der Direktor der Schule kommt immer noch freundlich auf Franziska zu, wenn er ihrem Vater ausrichten läßt, er möge doch bitte Karten für die Oper besorgen. Die größten Probleme hat wohl Linda

mit uns. Sie macht keine Bemerkungen. Gerade das ist verdächtig. Kein Gemecker, kein Gemaule. Sie macht einen Bogen um uns. Ich habe das Gefühl, sie wird von dem Schneeball stärker getroffen als wir. Bei nächster Gelegenheit muß ich ihr sagen, daß sie ihm ausweichen soll. Besser vielleicht noch, ihn auffangen und zurückwerfen. Aber damit ist sie wahrscheinlich mit zwölf Jahren echt überfordert.

**B**ald ist Weihnachten! Meine Eltern werden auf eine Insel fliegen. Weit weg, wo die Sonne scheint. Karibik, glaube ich. Für mich haben sie selbstverständlich mitgebucht, ohne mich zu fragen. Ich habe ihnen mitgeteilt, tropische Temperaturen zur Weihnachtszeit lehne ich ab. Sie möchten mein Ticket bitte zurückgeben. Aber sie nehmen meine Absage scheinbar überhaupt nicht ernst. Das Ticket hängt jetzt an meiner Pinnwand.
Mein größtes Problem: das Weihnachtsgeschenk für Franziska. In der Schmuckkiste habe ich schönes altes Zeug gefunden. Ja, auch Jugendstil, falls ich das inzwischen richtig erkenne. Eine Anstecknadel, eine Kette, ein Armband. Leider keine Ringe.
Ob ich wenigstens die Nadel wagen darf? So ein vogelähnliches Wesen mit weiten Schwingen. Aus Silber mit rotem Stein. Irgendwie ungewöhnlich, finde ich. Und mit Franziskas Augen betrachtet? Ich glaube, nicht übel.
Heute hat Franziska mich eingeladen. Ja, ich habe angenommen. Wir gehen ins Kino. Mehr zufällig streifen

wir den Weihnachtsmarkt. Gerüche, vor denen mein Magen dichtmacht. Buden mit überflüssigem Kram. Wir lassen alles ganz schnell hinter uns. In diesem Jahr ist in mir kein Platz dafür. Duftkerzen, Reibekuchen, Plüschtiere, gebrannte Mandeln, Ledertaschen, Bratwürste, Kissenbezüge, Waffeln. Bei den Silberringen bleibe ich stehen. Einen für mich, einen für ... nein, ich trau mich nicht!
In der Nähe des Kinos entdeckt Franziska einen Trödelladen.
Daran wird sie nicht vorbeigehen können.
»Du weißt ja!« sagt sie.
»Ja, du liebst altes Zeug!«
»Dich liebe ich natürlich noch viel mehr!«
Das sagt sie mit ihrem zauberhaften Lächeln und dem blauesten Blau ihrer Augen ...
Mit diesem Satz im Ohr und einem solchen Blick im Bauch setze ich meinen Fuß selbst in diesen muffigen Bunker. Staub der Vergangenheit begrüßt uns, ja und typischer Trödelgeruch, der mir echt den Magen umdreht.
Franziska wühlt sich durch Plattenberge, Büchertürme, probiert Fotoapparate, streichelt ein Karussellpferd aus Holz, untersucht Töpfe und Pfannen, vor einem Kaugummi-Automaten bleibt sie lange stehen. Zum Schluß der Schmuck, aber diese Auswahl führt nicht dazu, daß Franziska die Augen verdreht.
Wir sitzen in der letzten Reihe. Vor uns gähnende Leere. Es scheint ein anspruchsvoller Film zu sein, den Franziska da ausgesucht hat.
Es ist dunkel und warm. Und wir sind hier hinten fast

allein. Ich lasse mich in die Polster fallen und genieße das Glück, die Ruhe in mir, aber auch die prickelnde Unruhe, wenn ich Franziska anschaue, sie berühre oder nur an sie denke. Ich kaufe Eiskonfekt zur Abkühlung. Ein Stück für Franziska, eins für mich. Dann sucht mein Mund ihre Lippen. Eiskalte Küsse, die nicht lange kalt bleiben. Unsere Hände gehen schon wieder auf Wanderschaft ... Die Kinosessel mit ihren Möglichkeiten und Grenzen ... Ab und zu streift unser Blick noch die Leinwand. Ja, Franziska will den Hauptfilm auf keinen Fall verpassen. Noch sind es braune, surfende Männerkörper, die ihren Durst alkoholfrei löschen, halbnackt die Damen mit der Verführung im neuen Duft. Das brauchen wir nicht! Wir sind uns selbst genug ... Ja, gleich fängt der Film an, einer mit englischem Titel, den ich mir nicht merken kann. Franziska hat ihre Brille auf den Nachbarsessel gelegt. »Dein Film geht gleich los!« flüster ich ihr ins Ohr.
Sie aber schließt die Augen und läßt sich von meinen Lippen streicheln. Dann fliegen wir davon, unter dem Licht der Sonne, unter uns das Meer, eine sanfte Landung auf Felsenklippen, dann ein neuer Flug ...
Das grelle Licht des Kinosaals holt uns auf die Erde zurück. Alle Knöpfe geschlossen?
Ein wenig benommen stehen wir auf der Prachtstraße dieser Stadt im Glanz der Leuchtreklame. Franziska läßt sich ins Marché einladen. Von mir!
Der Film? Was wir mitgekriegt haben, war nicht schlecht, aber auch nicht überwältigend, sonst hätten wir uns vielleicht öfter von den Bildern einfangen lassen als von uns ... Es ging wohl um einen irischen

Freiheitskämpfer, der verliebt sich in eine Frau und merkt erst spät, zu spät, fast zu spät, daß sie ein Mann ist... Ja, und am Ende liebt er sie auch als Mann, obwohl er nie vorhatte, einen Mann zu lieben. Nun hat es sich so ergeben. Es ist egal, wen man liebt, wenn man nur liebt. Eben! So einfach ist das! Dieser Film hätte doch mehr Leute interessieren sollen!
»Franziska, ich muß dich was fragen!« sage ich und hoffe, sie möge meine Frage erraten...
Aber sie tut mir den Gefallen nicht. Statt dessen geht sie mit ihren Fingerspitzen auf meinen Händen spazieren, erobert jeden Zentimeter meiner Haut, versinkt in meinen Augen. Ich könnte schon wieder davonfliegen. Aber meine Frage steht auf der Abflugrampe.
»Franziska!«
»Ja, ich warte!« sagt sie. »Du hattest eine Frage!«
»Warum errätst du sie nicht?«
»Könnte ich?«
»Lies sie in meinen Augen oder auf meinen Lippen!«
Franziskas Blick kommt aus der Versenkung zurück. Sie setzt die Brille ab und putzt sie mit einer rot-schwarz karierten Ecke ihres Hemdes. Sie lächelt leise, setzt die Brille wieder auf und schaut mir in die Augen.
»Niemals zuvor in meinem Leben! Kein Mann, keine Frau, nur in jungen Jahren, also fast im früheren Leben, die harmlosen Spielereien. Mehr kann ich nicht bieten. Bist du sehr enttäuscht?«
»Ja, abgrundtief! Ich hatte gehofft, auf die erfahren-

ste Liebhaberin dieser Stadt getroffen zu sein. Ich als unschuldiges Kind vom Land! Tja!«
Ich schicke ihr das glücklichste Lächeln, das ich zu bieten hab.

Meine Eltern sehe ich kaum. Manchmal begegnen wir uns am Morgen. Selten frühstücken wir gemeinsam. Wenn ich das Haus verlasse, kurz nach sieben, klingelt erst ihr Wecker. Mein Vater hat neue Pläne. Die Geschäfte florieren und expandieren. Der Geheimtip in der Makler-Szene dieser Stadt heißt Kornthalers-Insel-Immobilien. Die Zweigstelle meines Vaters. Anscheinend ist ihm dieses Land immer noch zu klein. Der Osten wird langsam teuer. Man erkennt dort inzwischen den Wert des eigenen Bodens und läßt sich nicht mehr von westdeutschen Raubrittern übers Ohr hauen. Mein Vater wird sich in Zukunft um die Landsitze der deutschen Aufsteiger kümmern – südliche Sonne garantiert! Meine Mutter ist mit ihren Spanisch- und Griechischkursen beschäftigt. Sie will, sobald ich die Schule beendet habe, die Inselbüros übernehmen. Meinetwegen könnte sie gleich abfliegen. Echt!
Von Franziska habe ich ihnen noch nichts erzählt. Dieses neue Kapitel im Leben ihrer Tochter möchte ich nicht nur im Vorbeigehen erwähnen. Ja, ich fürchte ihre Reaktionen. Ich werde sie aushalten, keine Frage. Aber sie werden mich doch verletzen, glaube ich. Ein neuer Beweis, wie weit wir voneinander entfernt sind. Es sind meine Eltern, das wird wohl so sein, aber sie

sind mir fremd. Und das wird mir von Tag zu Tag klarer. Sie suchen den Kontakt auf ihre Weise. Ein Wochenende auf Sylt, ein Trip nach Paris, das sind ihre Angebote. Sie schleppen die gleichaltrigen Töchter und Söhne von ihren Freunden an, mit denen ich mich anfreunden soll. Gestylt wie die Eltern. Designermarken am Körper und hohle Sprüche im Kopf. Ich glaube, meine Ost-Kontakte (wie sie es ausdrücken) sind ihnen etwas unheimlich. Und doch sagen sie von Zeit zu Zeit: »Lad deine Ost-Freundin doch mal ein!« Wie ernst sie diese Kontakte nehmen, weiß ich nicht. Etwas Abfälliges schwingt in ihren Sätzen, und doch höre ich auch eine gewisse Irritation. Wenn sie wüßten, wie nah diese Kontakte sind? Ich kann ihre Reaktion nicht wirklich einschätzen. Es ist ihnen alles zuzutrauen!
Ihrem Lächeln begegne ich nur noch, wenn ich mit Reinhard S. über meinen Büchern sitze. Auch dann, wenn ich Klavier spiele.
Eine echte Provokation: meine neue Frisur. Die hat sie echt entsetzt! Bisher hatte ich die Haare brav und glatt bis Kinnlänge geschnitten. Jetzt sind sie kurz und stehen stoppelig und wirr von meinem Kopf.
»Mein Gott, Johanna!« sagt meine Mutter.
»Was ist bloß von dir übrig?« sagt mein Vater.
»Wie ein Junge!« höre ich meine Mutter sagen.
Sie sind so, wie sie sind. Und sie werden sich nicht ändern. Das wird mir immer klarer. Ich kann damit leben, glaube ich.
Immer besser! Weil ich nicht ewig mit ihnen leben muß. Irgendwann bin ich sie los.

Dann hab ich *sie*. Meine Freiheit! Seit mir das klargeworden ist, verzichte ich darauf, die Türen zuzuschlagen.
Wenn ich vor dem Spiegel in der Marmorhalle stehe, die Hände in den Taschen meiner Latzhose vergraben, breitbeinig, grinsend, dann sehe ich, fühle ich: Das bin ich! Endlich! Johanna Kornthaler, sechzehn Jahre alt, blond, schlank, blauäugig, 53 Kilo! Auf dem Weg! Auf dem nie enden wollenden Weg zu sich selbst! Wie Christa T. Nur sterben möchte ich nicht so früh!
Ich fühle so viel Leben in mir!
Wohin mit dieser unbändigen Kraft?
Das ist keine Energie für den Schreibtisch. Auch nicht fürs Klavier. Ich werde einmal um den ganzen See laufen. Auf diesen eigenen Füßen. Nicht auf dem Rücken eines Pferdes.
Unvergleichlich, dieses Gefühl! Leicht und locker, ja, fast schwebe ich über den Waldweg, der rund um den See führt. Keine Ahnung, woher ich diese Energie nehme. Diese Kondition könnte mir glatt den Weg für die nächste Olympiade ebnen. Goldmedaille im Frauenmarathon!
Ich stehe unter der Dusche, summe den »Reigen seliger Geister«, mit dem ich täglich mehrere Stunden mein Klavier quäle, da geht das Telefon. Und ich weiß, wer es ist... Atemlos und eingeseift falle ich über den Hörer her.
»Kann ich bei dir übernachten? Heute? Du weißt schon, die Weihnachtsfeier. Es fährt niemand zurück in den Osten. Meine Eltern können nicht kommen.

Und alleine trau ich mich nicht mit der S-Bahn so spät am Abend durch die Stadt!«
O Franziska!
Ich reiße die rot-schwarzen Seidenbezüge von meinem Luxusbett. Suche verzweifelt und finde endlich den Westfalendruck. Reine Baumwolle. Blaue Bauernhäuser auf weißem Grund.

**E**in festlicher Abend. Die Weihnachtsbäume in der Aula mit echten Kerzen. Reines Bienenwachs. An den Zweigen die Kunstwerke der Jahrgangsstufen fünf und sechs. Ein anspruchsvolles Programm. Immerhin: Das musische Gymnasium dieser Stadt muß den Eltern einmal im Jahr schon was Besonderes bieten! Der Schulchor ist beachtlich, auch das Orchester. Die gepflegten Köpfe nicken zufrieden. Und dann natürlich die Solisten. Die Weltelite der Zukunft? Franziska bekommt den meisten Beifall – auch in Jeans und Turnschuhen.
Auf den Gesichtern meiner Eltern eine leichte Irritation. Alle anderen auf der Bühne – in Schwarz und Weiß!
»Das ist Franziska!« sage ich. »Meine Freundin aus der Friedrichstraße! Sie wird bei uns übernachten!«
Ihr Blick verrät nichts. Vielleicht gerade ein »Aha«. Im Verlauf der Bach-Kantate packen sie ihr Lächeln wieder aus.
Ja, wir sind so freundlich und lassen uns zum Essen einladen. Italiener wäre uns recht, aber nur, wenn er Pizzas im Angebot hat. Diese schlichten Speisen gibt

es in den Nobelrestaurants, in denen meine Eltern zu speisen pflegen, nämlich nicht mehr.
Franziska begegnet meinen Eltern erstaunlich freundlich. Die neugierigen Fragen beantwortet sie ausführlicher, als ich es von ihr erwartet hätte. Sie muß sich nicht verstecken. Sie ist, wie sie ist. Was ganz Besonderes eben!
Wir finden unsere Spinatpizza auf der Speisekarte und bestellen sie mit extra viel Knoblauch. Dazu trinken wir Mineralwasser, obwohl meine Eltern der Meinung sind, ein Glas Wein zum Essen könnten wir doch ...
Ein netter Abend, wie man so sagt, mit Plaudereien, durchaus ernsthaft. Meine Eltern sind eben charmante Unterhalter. Was sie wirklich denken – jetzt zum Beispiel von Franziska –, das bleibt mir verborgen. Und Franziska? Sie ist ausgesprochen umgänglich heute abend. Kein eisiger Blick, keine provozierende Frage. Statt dessen trifft sich von Zeit zu Zeit ihr Leinenschuh mit meinem Lederschuh.
Franziska findet unsere Wohnung »absolut wahnsinnig«. Zwei Bäder für drei Leute, total überflüssig. Und überhaupt, so viele Quadratmeter auf zwei Ebenen, Kamine, innen und außen, drei Terrassen, Fußbodenheizung ... Und dann diese Perfektion! Das Bad in der Friedrichstraße ist immer noch nicht gekachelt. Die Badewanne freischwebend auf vier Füßen. Jetzt weiß ich, was Luxus ist, sagt Franziska. Ohne Neid, nur mit dem Bewußtsein einer neuen Erkenntnis.
Sie hat recht. Für den Preis dieser Wohnung hätte man im Münsterland mindestens drei Reihenhäuser kaufen können.

»Weshalb hast du sie geschont?«
»Mir war heute nicht nach Kampf. Der Tag war lang. Tausend Termine, das Konzert. Irgendwann reicht meine Energie nicht mehr für den großen Widerspruch. Jetzt darfst du mir einen Platz in deinem Luxusbett anbieten, und ich werde dankend annehmen. Ohne mir darüber den Kopf zu zerbrechen, wie viele Menschen auf dieser Erde auf dem nackten Boden schlafen müssen, erfrieren oder verhungern. Darüber kann ich dann morgen nachdenken...«
Franziska zieht sich aus. Ich schaue ihr zu. Nackt steht sie vor mir. Unbeschreiblich! Nicht nur ihr Profil erinnert mich an die makellosen Schönheiten in meinem Geschichtsbuch... Ich selbst bin weit entfernt von der Harmonie weicher Formen... und erreichen kann ich sie in diesem Leben sowieso nicht mehr.
Ohne Schlafanzug heute... Franziska hat nur ihre Zahnbürste im Gepäck. Müde, ja, das sind wir schon, es ist weit nach Mitternacht. Noch fünf Stunden, dann klingelt der Wecker, noch sieben Stunden, dann beginnt die Schule, mit der letzten Mathematikarbeit vor den Zeugnissen. Ich muß eine glatte Vier schaffen...
Die Sechs-Uhr-Nachrichten reißen mich aus meinen Träumen. Nein, schöne Träume waren das nicht. Ich bin froh, daß ich sie los bin. Ein Bild läßt mich mit ziemlichem Entsetzen zurück. Eine Frau, hilflos und alt, das Gesicht eine blutende Wunde. Mit einem Kopftuch versucht sie sich zu verstecken... Wer ist das gewesen?
Franziskas Wärme tröstet mich. Wir liegen immer noch Haut an Haut, so wie wir eingeschlafen sind.

Ich öffne die Augen, ungern, aber es muß wohl sein. Da seh ich ihn! Starrer Blick, voller Empörung! Mein Vater steht vor unserem Bett! Als sich unsere Blicke treffen, dreht er sich um und verläßt mein Zimmer. Kein Wort bring ich raus. Wie gelähmt bleibe ich zurück.
An diesem Morgen begegne ich ihm nicht mehr. Was hätte ich getan, wenn ich ihn getroffen hätte? Franziska verschweige ich diesen Vorfall. Eigentlich kann ich nicht glauben, was ich gesehen habe. Ich erinnere mich nicht, daß mein Vater jemals mein Zimmer betreten hat. Wieso gerade heute? Daß mein Vater uns gerade so gesehen hat, nackt und ungeschützt, mit dieser Nähe, die nur uns angeht, das nimmt mir die Sprache. Ich weiß nicht, wie ich den Vormittag überstehe. Mit dem ablehnenden Blick meines Vaters vor Augen gelingt mir keine Vier. Reinhard S. wird enttäuscht sein.

**N**ach der Schule fahre ich nur ungern nach Hause. In mir ist ein sonderbares Gefühl. Ich bin müde. Todmüde. Ich werde mich ins Bett legen, mit Franziskas Geruch in den Kissen einschlafen. Morgen erst wieder aufwachen. Und dann muß ich mir wohl was einfallen lassen. Irgendwie muß sich was ändern ...
Vor unserem Haus steht der Wagen meines Vaters. Keine Ahnung, was das bedeuten kann. Ich sollte umkehren, sagt mein Gefühl, aber bis in die Friedrichstraße tragen mich meine Füße heute nicht mehr. Es ist Donnerstag, ein ganz normaler Wochentag also. Was mag mein Vater in der Wohnung wollen, wo er

doch ständig darauf hinweist, wie wichtig seine uneingeschränkte Anwesenheit im Büro ist. Mir ist leicht schwindelig, als ich die Tür öffne.
Mein Vater und meine Mutter betreten die Marmorhalle. Welch ein schönes Paar! Wie aus einem dieser modernen französischen Filme, die in den besseren Kreisen spielen. Heute ohne Lächeln?
Sie haben auf mich gewartet.
»Wir möchten mit dir reden!« sagt mein Vater.
Ich sitze auf der weißen Wildledercouch. Meine Latzhose fühlt sich fehl am Platz... Meine Eltern, gepflegt, mit neuem Duft umhüllt, mir gegenüber in den Sesseln. Mein Vater räuspert sich, dann sagt er:
»Johanna! Uns ist nicht entgangen, daß du gefährdet bist. Der Umzug, die Großstadt, na ja, und Omas Tod, vielleicht war das alles ein wenig viel für dich. Dazu die Anforderungen der neuen Schule... Wir machen uns Sorgen um dich. Du erscheinst uns labil und orientierungslos. Deshalb möchten wir dir einen Vorschlag machen.«
Meine Mutter betrachtet verstohlen ihre Diamanten auf den Fingern und schaut auf ihre Schuhspitzen. Die Stimme meines Vaters ist kühl und sachlich. Wahrscheinlich führt er so immer seine Verhandlungen.
Müßte ich nicht gegen meine Müdigkeit ankämpfen, krampfhaft versuchen, die Augen offenzuhalten, würde ich sagen: mal wieder ein böser Traum. Aber meine Eltern sitzen mir tatsächlich gegenüber.
Ich baue Stein auf Stein. Doch ich habe nicht immer viel Glück mit meinen Mauern. Einsturzgefahr bei meiner Bauweise! Trotzdem, ein neuer Versuch!

»Ich höre!« sage ich. Und es klingt ausgesprochen wohlerzogen.
»Berlin scheint dir nicht gut zu bekommen. Früher warst du ein unkompliziertes, zufriedenes Kind. Jetzt bist du provozierend und undankbar. Deshalb haben wir uns entschlossen, dich für ein Jahr in eine andere Umgebung zu schicken. Ja, aufs Land, in eine Kleinstadt, wie du es gewöhnt bist. Wir haben bereits eine Familie für dich gefunden. Ganz interessante Leute. Der Vater Professor, die Mutter Therapeutin – mit eigener Praxis im Haus – ja, sie wird sich besonders um dich kümmern, ein Sohn, so alt wie du.«
Interessant, was sie sich für Gedanken machen. Wirklich. Aber was hat das mit mir zu tun? In mir ist eine tiefe Ruhe, unerschütterlich. Ich kenne meinen Weg!
»Sonst noch was?« sage ich.
»Und weil deine Englischkenntnisse nahezu eine Katastrophe sind, haben wir uns überlegt, daß die optimalste Lösung wäre, wenn du für ein Jahr nach Amerika gingest! Na?«
Mein Vater schaut mich an. Ja, jetzt lächelt er.
»Wir nehmen an, daß du dich freuen wirst über die Chance, die wir dir bieten!«
Mein Schweigen hält er nicht lange aus.
»Also, in vier Tagen fliegen wir in die Karibik. Sonne, Meer, blauer Himmel, das wird dir guttun. Und danach packst du deine Sachen. Ich werde alles für Mitte Januar arrangieren.«
Mein Vater lehnt sich zufrieden zurück, zupft an seiner Seidenkrawatte und schickt mir einen Blick, der eine Antwort erwartet.

»Großzügig, wirklich großzügig!« sage ich. »Ja, ihr macht euch wirklich Gedanken und bietet mir wirklich viel, doch!«
Da geht mir der Atem aus für eine längere Rede.
»Entschuldigt mich jetzt bitte!« sage ich. »Ich möchte mich zurückziehen. Die Nacht war kurz!«
Sie nicken verständnisvoll. Das Gespräch scheint ganz in ihrem Sinne verlaufen zu sein. Von Franziska kein Wort!
Wenig später verlassen sie das Haus. Ich packe meinen Rucksack.

**K**ein Sitzplatz heute. Ganz Berlin ist unterwegs. Bepackt mit Teddybären, Computern, Legosteinen, Schnellkochtöpfen, Tannenbäumen. Ja, es wird Zeit. In fünf Tagen ist Weihnachten.
Moritz und Linda sitzen mit den Eltern in der Küche. Auf dem Tisch steht eine Flasche Sekt mit zwei Gläsern. Komisch, am Nachmittag?
»Franziska ist unterwegs!« sagt Linda. »Magst du einen Tee oder lieber ein Glas Sekt?« Dabei schaut sie mich an, so freundlich wie lange nicht.
Moritz schiebt mir die Weihnachtsplätzchen vor die Nase.
»Wir ziehen um!« sagt er.
Aha, denke ich. Hat er's also doch geschafft? Das Geschäft des Jahrhunderts? Möglichst viele Objekte in der Friedrichstraße, der Prachtstraße der Zukunft... die Erfüllung seines Traums? Jetzt auch das Haus Nr. 125. Die alten Mieter raus, neue Bäder rein. »Am be-

sten, Sie sichern sich noch heute eine dieser exklusiven Luxuswohnungen in der besten Adresse dieser Stadt!«
Ich sehe schon die Anzeigen von Kornthalers Immobilien in den Zeitungen...
Dieses Haus verlassen zu müssen – sollte das ein Grund zum Feiern sein? Sie sehen nicht so aus, als hätten sie gerade ihre Wohnung an einen der Raubritter verloren.
»Rate mal, Johanna, wohin?«
Moritz kippelt aufgeregt auf seinem Stuhl.
»Ich finde das ganz toll! Da kann ich nämlich im Winter Ski laufen!«
Seine Augen, doppelt so groß wie immer, wenn er sich freut. Ich hab keine Ahnung, wovon er spricht.
»Wir ziehen nach München! Mein Vater hat dort eine Stelle!«
Herzlichen Glückwunsch, ja wie schön für euch, sollte ich vielleicht sagen, aber diesen Satz bring ich nicht raus, auch keinen anderen Satz, nicht mal ein Wort. Irgendwann heute muß ich wohl meine Sprache verloren haben.
»Komm doch mit uns!« sagt er. »Vielleicht finden wir ein kleines Haus auf dem Land, in der Nähe von München!«
Linda bringt mir mit einem Lächeln den Tee.
»Ich geh zunächst alleine!« sagt Franziskas Vater. »Es kann lange dauern, bis wir was Passendes gefunden haben.«
»Es ist alles noch ganz ungeklärt!« Die Mutter ist skeptisch. »Aber diese Stelle, das ist schon eine einmalige Chance. In meinem Beruf finde ich leichter was!«

Mein Kopf ist leer. In meinem Körper ein seltsamer Schmerz. Ich bin müde. Ich will nur schlafen... Ich nehme meinen Rucksack und verlasse das Haus.
Wieso denn und warum und weshalb, ich sollte doch bleiben, Franziska wird bald kommen... Nicht nur Moritz und Linda versuchen mich zu halten. Aber ich fliehe und weiß überhaupt nicht genau, warum.
Aber wohin, das weiß ich jetzt!
Ich nehme die S-Bahn bis zum Hauptbahnhof. Eine halbe Stunde muß ich warten, dann fährt mein Zug.
Ich spüre den Winter. Bis jetzt hat mich mein inneres Feuer vor der Kälte geschützt. Das ist plötzlich erloschen. Mir ist kalt. Innen und außen. Obwohl der Tag heute freundlich ist. Aber die Kraft der Sonne reicht nicht aus, mich zu wärmen. Das Zugabteil ist überheizt. Die Luft verbraucht. Ich sitze am Fenster. Wenn ich einschlafe, verpasse ich meine Station, dann erreiche ich mein Ziel nicht mehr. Ich lasse mich fallen in das gleichmäßige Rattern des Zuges, in die Wärme, die mich umhüllt... Der Kopf leer, das Herz traurig, der Schmerz groß. Ich habe Mühe, meine Augen offenzuhalten.
Vom Blau des Himmels nur eine Ahnung, die Sonne weiß und stechend, ein kaltes Licht. Die Bäume stehen schwarz und kahl am Wegrand. Auf den Feldern das zarte Grün des Winterweizens. Die Wiesen braun, verdorrtes Gras, weite, weite Felder, kein Mensch, kein Haus, dann und wann ein Dorf mit Kirchturmspitze, jetzt schon das fahle gelbe Licht der alten Straßenlaternen. Der Himmel wird langsam milchiggrau. Aus dem Boden aufsteigender Nebel. Es wird dunkel.

Der nächste Bus geht erst in einer Stunde. Dann wird der Weg durch den Wald schwarz sein wie die Nacht. Nein, das trau ich mir nicht zu. Ich spüre die Angst jetzt schon. Die Angst vor der Dunkelheit, vor der Einsamkeit, dem Schmerz. Aber wohin sonst? Jetzt fährt kein Zug mehr zurück.
Vor dem Bahnhof steht ein Taxi. Der Taxifahrer betrachtet mich länger, als mir lieb ist. Sein Blick ist mißtrauisch und neugierig. Ja, die Datsche der Familie Fink kennt er natürlich. Ich hätte ihm den Weg durch den Wald nicht beschreiben können. Die Frage, was ich denn hier so allein mache, stellt er zum Glück nicht. Aber ich lese sie in seinen Augenwinkeln.
Wenn er käme diese Nacht, es gäbe keine Rettung. In dieser Datsche der Familie Fink würde kein Mensch meine Schreie hören.
Ich atme auf, als sich das Taxi endlich entfernt. Jetzt der Schlüssel ... Und wenn er nicht dort liegt, wo ich ihn vermute ... Aber der Schlüssel liegt unter der Fußmatte. Ich schließe die Tür schnell hinter mir ab, lege alle Sicherheitsketten an, schiebe einen Schrank vor die Tür. Überprüfe die Fensterläden. Ich fühle mich fast sicher. Jetzt ein Feuer, einen heißen Tee ... aber das schaffe ich nicht mehr.
Ich vergrabe mich unter dicken Decken, doch sie wärmen mich nicht. Franziska, ja, ihre Hände, ihr Körper, sie könnte mich wärmen ...
Warum bin ich eigentlich hier?
Ich lausche in die Stille der Nacht.
Kein Laut. Nichts.
Keine Antwort auf meine Fragen.

Einfach nur Flucht? Ja, vor meinen Eltern.
Aber warum vor ihr?
Ein vorgezogener Abschied, weil sie bald fünfhundert Kilometer weit entfernt sein wird?
Irgendwann schlafe ich ein. Trotz Sehnsucht und Trauer und diesem schrecklichen Gefühl, ganz allein zu sein auf dieser Welt ...

**E**rst am Mittag wache ich auf. Die Sonne scheint. Der Himmel lockt mit sattem Blau. Die Luft ist mild. Sie riecht nach Frühling. Nach Weihnachten überhaupt nicht.
Ich hole Holz aus dem Schuppen. Und mir gelingt tatsächlich das erste Feuer meines Lebens. Das Wohnzimmer erwärmt sich schnell. In der Speisekammer finde ich alles, was ich zum Überleben brauche. Für mich allein würde es Monate reichen. Ein Frühstück mit Knäckebrot und Himbeermarmelade, dazu Tee. Auf dem Tisch ein Adventskranz aus rotlackiertem Holz mit geschnitzten Engeln. Ich zünde alle vier Kerzen an.
Die Sonne fällt auf die gelben Astern vor meinem Fenster. Die kahlen Äste der Bäume vor dem Himmel wie feine Scherenschnitte. Meisen hüpfen über die Terrasse. Ich werfe ihnen ein paar Krümel vor die Tür.
Ich genieße die Ruhe.
Diesen unglaublichen Frieden. Das Knistern des Feuers. Ja, so möchte ich leben. In der Nähe einer Großstadt vielleicht schon, aber nicht mittendrin.
Nach Amerika werde ich nicht gehen.

Auf keinen Fall.
Ich sortiere meine Gedanken.
Meinen Eltern werde ich ein Telegramm schicken. Heute noch. Ich werde weder in die Karibik noch nach Amerika fliegen. Ja, ich wünsche ihnen ein frohes Fest!
Und dann? Im neuen Jahr?
Ich kann nicht zurück.
Ich will nicht zurück.
Ich will nicht werden wie sie. Ich will mein eigenes Leben leben. Und das wird sich mit ihren Vorstellungen nicht vereinbaren lassen.
Wenn ich hierbleiben könnte! Aber ohne Franziska?
Oder mit ihr nach München?
Aber noch gibt es die Wohnung in der Friedrichstraße ... und Zimmer mieten kann man überall ...
Ach, es gibt so viele Möglichkeiten!
Der Schmerz verschwindet, je mehr ich sie sehen kann. Mir wird leichter, immer leichter ... Und meine Kraft, diese unbändige Kraft kehrt zurück. Ich genieße den Tag. Stundenlang streife ich durch den Wald, besuche den See, lasse mich von den Strahlen der Sonne wärmen, denke dabei an Franziska, sehe sie versteckt hinter jedem Baum. Aber es ist noch zu früh. Noch sitzt sie in der Schule, der Platz neben ihr ist leer. Bis sie ahnen kann, wo ich bin, wird es spät werden ...
Den Nachmittag verbringe ich am Klavier. Ich hole Holz für den Kamin. Ich gebe das Telegramm auf. Im Dorfladen finde ich alle Zutaten für unsere Pizza. Viel Knoblauch! Ich decke den Tisch. Es beginnt

dunkel zu werden. Jetzt wird der Bus das Dorf erreicht haben. Die Dunkelheit des Waldes wird sie nicht fürchten – ich ziehe meine Schuhe an und gehe ihr entgegen ...

# RTB Flamingo

## Gefühlsecht. Voller Liebe und fast erwachsen.

Pete Johnson
**Dich krieg ich auch
noch rum**

Brad ist ein begehrter Typ.
Er weiß das und nützt es
rigoros aus; seit Jahren
„wechselt" er ständig die
Mädchen.
Doch nun trifft er auf Kim,
und das Spiel geht anders-
herum. Es wird ernst für
Brad, so ernst, daß er sich
ein Leben ohne Kim nicht
mehr vorstellen kann.
Eine turbulente, pfiffige
Liebesgeschichte.
**RTB 4116**

Norma Klein
**Madison und die
Freiheit der Jugend**

Tim ist angehender Stu-
dent – und gerade eben
Vater geworden. Doch
seine Freundin will sich
von ihm trennen und das
Kind weggeben.
Da beschließt Tim, trotz
des Studiums, Madison
allein aufzuziehen.
Und er packt seine Sachen,
nimmt seinen Sohn und
geht nach New York.
**RTB 4117**

## Ravensburger TaschenBücher

# RTB Geschichte

## Spannend. Abenteuerreisen in die Vergangenheit

Max Kruse
**Der Ritter**

Der junge Ritter Leon kehrt mit seinem König Bertrand aus den blutigen Wirren des Kreuzzuges heim, wo der Bruder des Königs inzwischen die Macht an sich gerissen hat. Leon schließt sich den Vogelfreien an, um gemeinsam mit ihnen dem rechtmäßigen König wieder auf den Thron zu verhelfen.
Ein Roman nach Motiven aus Walter Scotts „Ivanhoe".
**RTB 4093**

Isolde Heyne
**Hexenfeuer**

Das Mädchen Barbara sitzt gefangen im Kerker. Es ist ihre letzte Nacht – am Morgen soll sie als Hexe verbrannt werden. Wie geriet Barbara in die Fänge der Inquisition? In dieser einsamen Nacht denkt sie über ihr Leben nach, über die Menschen, die ihr halfen – und über jene, die verantwortlich sind für das, was ihr bevorsteht.
**RTB 4113**

# Ravensburger TaschenBücher